「ではまずは、お食事に致《いた》しましょうか」

ミューちゃん
アーニャと仲良し
のもふもふ魔獣
ヴィル
ガチニートの残念貴
族少年。……実は本
気出したら最強!?
アーニャ
健気で可愛い、「マ
ジ天使」な美少女
ギルドマスター

クララ
アーニャのライバルギルドを率いるツンデレお嬢様
ソフィア
アーニャのギルド友達。超元気な健康系お色気お姉さん
リリアーナ
クールな公務員でヴィルの同級生。実は少し変態……？

「クララちゃん、私と踊ってくれる？」

ひきこもりの俺がかわいいギルドマスターに世話を焼かれまくったって別にいいだろう？ 1

東條 功一

HJ文庫
965

口絵・本文イラスト　にもし

Contents

プロローグ

学園にいた頃《ころ》、つまり、俺《おれ》は一五歳《さい》までは優秀《ゆうしゅう》だった――。

はっきり言って優秀過ぎたくらいだ。

例えば、勇者しか使えないと言われている神剣技《かみけんぎ》を習得して周囲を驚《おどろ》かせた。

あるいは、魔王《まおう》しか使えないと言われている極限魔法《まほう》を会得《えとく》して周囲を怖《こわ》がらせた。

それに、俺は勉学だって誰《だれ》よりも秀《ひい》でていた。

あまりにも優秀だったから俺は飛び級で卒業論文に着手。論文のテーマは迷いながらも「魔王の極限魔法」にした。

これは世界中で研究すらろくに進んでいない難解なテーマだ。学会で賛辞を贈られると思っていたね。

しかし、現実は違《ちが》った。

こんな魔法を扱《あつか》えるなんてこいつは後の魔王になる男だと、俺は学会で非難の大合唱をくらった。

しかも、学会が終わる前に俺は兵士に無理やり連行されてしまった――。

家も学校も含《ふく》めて徹底的《てっていてき》に俺の身辺調査が行われた。

俺が魔王になりそうな決定的な証拠《しょうこ》を捜《さが》すためだ。

その証拠を捜しているあいだの三ヶ月間、俺はずっと拘留《こうりゅう》されていた。

疑いは無事に晴れたが、学園に戻《もど》ってみたら俺の帰還《きかん》なんて誰も喜んではくれなかった。

それどころか、みんな冷たい目で俺を見ていた。

優秀な俺には輝《かがや》かしい未来が待っていたはずだったのに、完全に腫《は》れ物扱《ものあつか》いだったさ。

そんなだから俺はすっかりやる気を無くしてしまった。

推薦《すいせん》が来ていた大学への進学を辞退して、俺は実家へと帰ることにした。

そして、俺、ヴィルヘルム・ワンダースカイは失意のまま、めでたくひきこもりになりましたとさ。

◇

俺がひきこもりになってから一年が経《た》った。

名家の大貴族だから食うには困らない。

俺は使用人に娯楽《ごらく》小説を買いに行かせて食《く》っちゃ寝《ね》生活を満喫《まんきつ》している。

父には「死んだ魚のような目だな」と毎日のように言われている。仲の良い執事《しつじ》には「まるでゾンビのようですよ」なんて言われたっけ。

すっかり髪《かみ》が伸《の》びてしまったから、後ろでまとめている。

もちろん、友達はいない。

でもこれでも俺は幸せだった。もう一生、俺は自分の部屋のベッドでゴロゴロして生きていこうと思う。

ここが俺にとっての楽園。

そう、俺はベッドに楽園という名前を付けた。愛すべき楽園だ。俺の人生の終着駅。永遠のパラダイスだ。

そんな俺の楽園に、あるとき父がやってきた。

なんといきなり、父は俺の部屋のドアを真っ二つに斬《き》り捨てた。

斬られたドアが床《ゆか》に倒《たお》れてむなしい音を響《ひび》かせる。

「そ、そんな馬鹿なっ。この部屋には超高度《ちょうこうど》な魔法で厳重なロックをかけていたのにっ。父上、いったいどうして入ってこれたんですかっ」

「ふっふっふ、これは全ての魔法効果を打ち消すことができる超すごい剣《けん》だ。魔法でロックをかけても無駄無駄《むだむだ》。この剣ならロックごと斬ることができるんだよ」

「そんな素晴《すば》らしい剣がなぜうちにあるんですっ」

「貴様には言っていなかったが、これはワンダースカイ家の当主に代々受《う》け継《つ》がれている大事な家宝だ。今日までは飾《かざ》っているだけだったが、貴様を部屋から強引《ごういん》に引きずり出すために初めて使うことにした」

「そんな大事な剣を、こんなしょうもないことに使うのですかっ」

やばい。父はマジの目をしている。あれは人を殺せる目だ。部屋から出てとっととひきこもりを終わらせないと、俺に何をしてくるか分からないぞ。

「私はゴミのためなら、おっと、間違《まちが》えた。息子《むすこ》のためならなんでもするさ。さあ、ヴィルヘルム、部屋から出てきなさい」

「ちょっ、今、ひどすぎる言い間違えをしませんでした？」

「それは気のせいだ。さあ、早く部屋から出なさい」

「い、イヤです。お断りします」

「では、死ねーい！」

「うっそだぁぁぁ。俺はあなたの愛する息子ですよぉぉぉ！」

しかし、父は本気だった。

ベッドに寝転《ねころ》んでいた俺に大事な家宝の剣で斬りかかってくる。あれが相手では魔法による防御《ぼうぎょ》が無意味だ。なにせ魔法ごと俺が斬られてしまうからな。やばい剣すぎるぜ。

ひらりとかわしたが、俺のベッドが真っ二つになってしまった。

「ああああああっ、俺の楽園があああああああああああああああああっ！」

「違うっ。それは楽園ではなくて、ただのベッドだあああ」

父は遠慮《えんりょ》なく斬りかかってくる。

避《よ》ける。避ける。避ける。

本気の攻撃《こうげき》だ。当たったらマジで死ぬ。

「父上っ、かわいい子どもを本気で殺す気ですかっ」

「かわいくなどないわっ。もはや貴様は我が家《わがや》の恥《はじ》。他所様《よそさま》はみんな思っているぞ。やーい、やーい、ワンダースカイ家の長男はひきこもりだー、バーカバーカとなっ」

「被害妄想《ひがいもうそう》ですっ」

「違うわっ。さあ、分かったら観念してワンダースカイ家の名誉《めいよ》のために死ねーい！」

「俺が死んだら誰がワンダースカイ家を継ぐんですかああっ。俺は長男ですよっ」

「お前と違って真面目に学業に励《はげ》んでいる次男のトニーがおるではないかっ」

「そんなっ。俺が当主になるんじゃないんですかっ」

「トニーに継がせる予定だっ」

「そんなことをされたら、俺は一生食っちゃ寝生活ができなくなるじゃないですかっ」

「あったりまえだ、このボケナスううううっ！」

父の渾身《こんしん》の攻撃を俺は真剣白刃取《しんけんしらはど》りで受け止めた。

マジで死ぬかと思った。こんなの初めてやったぞ。長いひきこもり生活でなまった筋肉と動体視力でよく白刃取りなんて成功させたもんだ。やはり俺は優秀だな。

「チャ、チャンスをください。父上、愛するかわいい息子に一つのチャンスを」

「……愛していないし、かわいくもないが、まあ付き合いは長いからな。考えてやらんでもない。ヴィルヘルム、まさかひきこもりを脱《だっ》する気があるというのか？」

「一ミリも無かったですけど、親に殺されるよりはマシかなって思います」

父の顔は晴れやかだった。

たとえるならば、一週間ぶりに便秘が解消したような晴れやかさだった。って、俺は汚《お》物《ぶつ》かよっ。

「よし、ヴィルヘルム。多少はやる気があるようだな。では、残念だが愚息《ぐそく》を斬るのはやめにしよう。あー、斬りたかった。斬れたら便秘も解消しそうだったのに」

マジで便秘だったんかい。

父は剣を鞘《さや》に収めた。ひとまず命の危機は去ったようだ。

父がまっすぐに俺を見た。そんな目で俺を見るのはいつ以来だったろう。いつもはゴミを見る目だったから。

「いいか、ヴィルヘルム。もうこの子供部屋はお前のいていい場所ではない。これからお前は――」


父の命令を、俺は聞くことにした。

俺に一人の少女との出会いが待っているそうだ。

嬉《うれ》しくはないが、父に殺されるよりはマシだから会いに行ってみようと思う。

さらば、幸せだったひきこもり生活。

ああ、ひさしぶりに外に出た。

見上げた太陽は、想像以上に眩《まぶ》しかった。

第1章 ★★★ ひきこもりは料理上手な美少女と出会った

女の子のパンツをひさしぶりに見た。

長いひきこもり生活をしていると、それがどれほど尊く美しく輝かしく素晴らしいものであったたか、すっかり忘れてしまうものなんだな。

「ああ……俺には眩しいぜ……」

パンツが優《やさ》しくお肌《はだ》にフィットしている。それがかわいらしいお尻《しり》をより魅力的《みりょくてき》に見せてくれている。色は純白。女の子の心の清らかさを表わしているようだ。

「あわわわわわわ。あわわわわわわわわわわわわ。出会《であ》い頭《がしら》になんとお恥《は》ずかしいところを。しょ、少々お待ちくださいませえええ」

なんとも上品でかわいらしい声だ。

いいもんだな。美少女の慌《あわ》てた声。耳に心地がいい。

「ごゆっくり。俺は急いでないし」

なにせさっきまで俺はひきこもりだった男だからな。予定なんて今日も明日もあさっても一つたりともない。

　というか、パンツが眩しくてずっと見ていたい。

　そもそも、どうして俺なんかがこんなにもラッキーなイベントにありつけたんだっけか。

　ああ、そうか。俺が自室のベッドという名の楽園から追い出されたからだ。

　父の命令でイヤイヤながら街の小さなギルドに来てみたらこれだ。とてもかわいらしいパンツがお出迎《でむか》えしてくれたんだった。

　あの女の子はこのギルドで働いているんだろうか。えらいかわいい子だ。慌てている姿すらかわいい。

　ああ、美少女って素晴らしいもんだな。パンツが輝いて見えるよ。

「ああもう、はーなーれーてーくーだーさーいー」

　あの美少女、ライトニングドッグっていう小型犬タイプの魔獣《まじゅう》にスカートをひっぱられてずり下ろされている。

　美少女は必死に抵抗《ていこう》してライトニングドッグを離《はな》そうとはしているけれど、ドッグは楽しそうに尻尾《しっぽ》を振《ふ》るだけ。

　ちなみに、ライトニングドッグは手足が短い犬で見た目は超かわいい。その愛らしさから貴族のペットとして大人気。実はうちにも昔いたことがあった。

ライトニングドッグは魔獣に分類されてはいるが、人懐《ひとなつ》っこくて攻撃をしてくることはほぼない。

得意の電気攻撃は一日に一発しか撃《う》てないポンコツさだし、くらっても身体が強く痺《しび》れる程度で殺傷能力はない。

だからまあ、ほっておいても大丈夫《だいじょうぶ》だろう。俺は近くにあった椅子《いす》に腰《こし》かけた。

紅茶でも飲みながらゆっくり鑑賞《かんしょう》していたい。あのパンツ。

「あわわわわわわ。で、できれば助けて頂けると大変嬉しいなって思うのですが」

「ふーむ、そうくるか」

もっと見ていたかったんだが。

「は、はい。できれば。お客様に大変ご迷惑《めいわく》をおかけして申し訳ないのですが、私の力ではこの子を引き剥《は》がせそうになく」

「スカートを諦《あきら》めるって手もあるが?」

「パ、パンツが見えてしまいますっ」

「とっくに見えてるが……」

「はわーっ」

いま気がついたのか。すっごい恥ずかしそうに顔が真っ赤になって瞳《ひとみ》がぐるぐるになった。かわいいな、おい。

やれやれだ。そのかわいさに免《めん》じて、ひきこもりのこの俺が助けてやらんでもない。

俺は膝《ひざ》に手を当てて立ち上がった。自分で言うのもなんだが、重い腰だぜ。

「で、そいつを倒せばいいのか？」

そういえば、剣を持ってきてない。

まあ俺は優秀だし問題ない。というか、剣があっても手入れをしてないから錆《さ》びてるかもしれない。それだとあっても意味がないかも。

ポキッ、ポキッ、と指を鳴らした。

「ま、待ってください。この子は納品された魔獣でして、後でお客様にお届けするんです」

「つまり？」

「この子を傷つけずに助けて頂ければと」

「なるほど。面倒《めんどう》くさいな」

「申し訳ございません……」

だが、安心してくれ。俺は優秀だからなんとかなる。

少女と犬に近づいた。

くっ、こ、これは近くで見るとますますかわいらしい。女の子のパンツってこんなに輝いて見えていたっけ。お尻のプリッとした感じがやっべー。うっかり手を伸ばしてしまいそうだ。丸いラインに手を這《は》わせて太ももまでじっくり触《さわ》りたい。

って、いかんいかん。

視線がいやらしくなる。

さて、魔獣をどうにかしよう。

俺はライトニングドッグの首根っこをひょいと持ち上げた。

するとどうだろう。ライトニングドッグがスカートを噛《か》んだままだから、スカートを思い切り引っ張り上げてしまう形になってしまった。

「ひいいいいいいいい」

涙目《なみだめ》だ。

「あ、すまん」

「いいんです。いいんです。それで、どうするんですか。口を開かせるんですか?」

「いや、眠《ねむ》らせる。睡眠《すいみん》魔法《まほう》《スリープスリープ》」

人差し指をピンと立てて、魔獣のおでこに向けた。

発動した魔法を受けたライトニングドッグは一瞬《いっしゅん》ですやぁっと安らかな睡眠状態になった。この程度の弱い魔獣にはよく効き目のある魔法だ。

ライトニングドッグが顎《あご》の力を失してスカートを口から落とした。

「わあ、すごいです」

素直《すなお》に感心してもらえた。

誰かに褒《ほ》めてもらえたのはいつ以来だろうか。

思えば俺はひきこもりになってから冷たい言葉しかもらえてこなかったな。

やれ穀潰《ごくつぶ》しだの、やれニートだの、やれワンダースカイ家の失敗作だの。うちの家族は言葉に容赦《ようしゃ》がない。

だから、褒めてもらえたのは単純に凄《すご》く嬉しい。

「ほい、ちゃんとケージに入れとくんだぞ」

「は、はい。ありがとうございます。本当に助かりました」

少女に眠ったライトニングドッグを渡《わた》す。

あ――。

すとんと落っこちた。

スカートが。

ライトニングドッグに引っ張られ過ぎてすっかりウエスト部分が伸びてしまったようだ。

純白のパンツが完全に露《あら》わになる。

素晴らしい。ありがとう。

「あわわわわあわわわわ。なんてはしたないものをお見せしてしまったのでしょう。すぐに着替《きが》えてきますっ。もう少々お待ちくださいませっ」

「あ、ごゆっくりー」

少女はパタパタ動いてライトニングドッグを優しくケージに入れて、スカートを押さえながらカウンターの奥《おく》に消えていった。

かわいらしい少女だったな。ここの娘《むすめ》さんかな。

「ミュー……」

うおっ。少女と入れ替《か》わりに白くてでっかくて丸っこい魔獣が出てきたぞ。

あいつはライトニングドッグよりはるかに強い。そうそう人間に懐《なつ》くタイプではないんだが、まさか飼ってるのか？

魔獣名はソーダネミュー。背は俺よりも大きい。うさぎみたいな耳をした魔獣だ。長い耳の片方にリボンが付いているから、きっとさっきの少女が面倒を見てるペットなんだろう。

……なんとも緊張感《きんちょうかん》がある。

俺、学生時代にクエストでけっこうソーダネミューを斬っている。昔の感覚が蘇《よみがえ》って、戦いたくてたまらなかった。

◇

店内で待つこと三分くらい。

ライトニングドッグはすやすや眠っている。ソーダネミューはカウンターでぽわーんとした瞳で俺を見つめている。

俺は椅子に座《すわ》ってぼんやりしていた。

さっきまであのライトニングドッグは何を興奮していたんだろうな。そわそわして落ち着かない様子だったが。彼《かれ》に何かあったんだろうか。

パタパタと少女が戻ってきた。

さっきは赤いスカートだったけど、今度は白いスカートだ。

おしゃれなティーカップに紅茶を入れて俺の前に丁寧《ていねい》に置いてくれる。

「お茶をどうぞ。先程《さきほど》はお見苦しいところをお見せしてしまい」

「え？　いや、俺は何も見えてないぞ？」

嘘《うそ》ばっかりと少女の瞳が言っている。

少女の瞳が俺を試《ため》す色に変わった。

「ピンク色でした?」

「なに言ってんだ。清楚《せいそ》でかわいらしい純白色だったじゃないか。純白が似合う女の子って貴重なんだぞ。絶対にかわいい女の子にしか似合わない色、あ——」

しまった。少女が落ち込《こ》んでしまった。

「いや、マジで何も見えてないから」

長い間ひきこもると会話力が落ちるものだな。簡単な誘導《ゆうどう》にひっかかってしまった。

「本当にお見苦しいところをお見せしてしまいました……」

少女が力なく、よろよろと対面の椅子に座った。

小さなテーブルを挟《はさ》んで俺と向き合う。

少女が目を伏《ふ》せがちにしながら、髪を手櫛《てぐし》で整えた。

「さっきはライトニングドッグと遊んでいたら、スカートがあんなことになってしまったのか?」

「いえ、あの子と遊んでいたわけではないんです。今朝の海底火山の噴火音《ふんかおん》であの子がびっくりしてしまったんです。それからずっと興奮していまして。それで撫《な》でてあげようと思ってケージから出してみたら暴れだしてしまったんです……」

「は？　海底火山？　噴火？」

「何ヶ月も前からよくありますが……。なんでも、海の底で激しい地殻《ちかく》変動が起きてる影《えい》響《きょう》だそうです。噴火すると噴石《ふんせき》が街にパラパラと落ちてきますよ。歴史上こういうのはたまにあるみたいなんです。何十年かおきくらいにですけど」

「へえ、どうも最近時事ネタには弱くてな」

なにせ俺はひきこもりだからな。部屋の外の情報なんてほとんど入ってこないんだ。

少女が気持ちを入れ直して姿勢良く座った。

仕事モードに入ったという空気を感じた。

少女の瞳は綺《き》麗《れい》な深紅《しんく》色だ。その深紅の瞳が真《ま》っ直《す》ぐに俺を見つめてきた。

「ご、ごほん。それでは、改めまして自己紹介《しょうかい》をさせて頂きますね。私はアナスタシア・ミルキーウェイと申します。アナちゃんとかアーニャちゃんってお呼び頂けたらとても嬉しいです」

笑《え》顔《がお》をくれた。

俺よりだいぶ年下の子だ。たぶん、五歳くらいは下なんじゃないだろうか。まだまだ子供なのにしっかりしてて偉《えら》いな。

俺なんてもう一七歳なのにひきこもりだぞ。

この子はこの年から労働をするなんて。眩しい……、俺にはアーニャが眩しくてたまらないよ。

「さて、ここは、お客様からクエストを請け負《う お》うことで、お仕事をさせて頂くギルドです。ギルド名は神話のドラゴンの王様に由来しまして、〈グラン・バハムート〉と申します。我々、〈グラン・バハムート〉は迅速《じんそく》丁寧にクエストを解決させて頂きます」

まだまだ若いのにしっかりしている。丁寧な口調でゆっくり分かりやすくはっきりと喋《しゃべ》る子だ。すげー尊敬してしまう。俺はこの年齢《ねんれい》の頃だと、まだこんなに丁寧な仕事はできなかった。

「〈グラン・バハムート〉か。ギルド名は偉大《いだい》なる竜王《りゅうおう》バハムートが由来なんだな。絵本にもなってる有名な竜だよな？」

たしか、主人公の女の子が国の窮地《きゅうち》をどうにかしようとする話だったか。それで、世界の果てにいるという伝説のバハムートを探して旅に出る冒険《ぼうけん》物語。

「はいっ。小さい頃、両親にあの絵本を何度も読んでもらったんです。本当に大好きな絵本なんです。強くて優しくて賢《かしこ》いバハムートは私の憧《あこが》れでして」

アーニャの瞳が満天の星のごとく煌《きら》めいたのを俺は見逃《みのが》さなかった。

「へえ、きみはバハムートがいたら会ってみたい？」

「はい、それはもちろんです。でも架空《かくう》の竜さんですよね」

「まあ、そうだな。でも、機会があったら見せてあげるぞ」

「え、まさかお会いしたことがあるのですか？」

「いや、それはさすがに無いけど」

ただ、俺は優秀だから彼に会う方法を知らんでもないというだけのこと。

バハムートは相当でかいから街じゃあ会えないけどな。山みたいにでかいって研究資料を読んだことがある。そんなのが街に出てきたら大変だ。

「ま、そのうちな」

アーニャが愛想《あいそ》の良い営業スマイルをくれた。会えるわけがないって思ってそうだ。会えるんだけどなぁ。

「それでお客様、本日は〈グラン・バハムート〉にどのようなご用件がおありでしょうか？」

「いや、用件というか」

首を傾《かし》げられてしまった。

「恥ずかしい話なんだが、父に家を追い出されてしまってな。このギルドに行け、行けば分かるとだけ教えられて。他に説明が何も無かったんだ」

「なるほど。ご事情を全て理解しました！」

「え、たったこれだけの説明で？」

アーニャは訳知り顔だ。

「はいっ、ヴィルヘルム・ワンダースカイ様、ようこそ当ギルドへお越《こ》しくださいました」

俺の名前を知っているのか。

なんだろう。アーニャが素敵《すてき》な王子様に出会えたような乙女《おとめ》の顔になっている。美少女アーニャがますますかわいくなったぞ。

「初対面じゃなかったのか？　あ、いちおう言っておくけど、俺の実家は超有名《ちょうゆうめい》な貴族だけど、かしこまったりはしなくていいからな。俺のことは気軽にヴィルって呼んでくれ」

「はい、ヴィル様」

俺とアーニャはどこかで会ったんだったかな。まったく記憶《きおく》にないな。うちは大貴族だし、何かの社交界とかで知らずに挨拶《あいさつ》くらいはしていたんだろうか。

「ヴィル様のお父様であるロバート様から、〈グラン・バハムート〉にヴィル様がお越しになることは伺《うかが》っています。ただ、ロバート様はこうおっしゃっておいででしたよ。あいつは部屋にこびりついているカビみたいなやつだから、外に出すのに一週間はかかると。それなのに、たった一日でお外に出るなんてヴィル様は凄いですね！」

外に出ただけで褒められた。

つーか、あの父は、愛する長男をかわいい女の子にどういう紹介してるんだ。カビってさ……。まったくもう。

「外の日差しはお熱うございましたでしょう。人混みを歩くのは大変だったはず。道に迷うこともなく。本当にヴィル様は凄いと思います。心から尊敬致《いた》します」

「いやいや、はははは、まあマジで凄いことだから褒めたくなる気持ちも分かるけどさ」

かわいい女の子に褒められると鼻が高くなる。自然と猫背《ねこぜ》まで伸びた。表情もキリッとしたかもしれないな。

俺の態度の変化に気がついたのか、アーニャが母性みのある優しい笑顔になってくれた。ますます嬉しい。

「これは今後のご活躍《かつやく》がますます楽しみでございますね」

「活躍？　俺の？　というか、マジで俺は父から何も聞かされていないんだ。アーニャは何か聞いてる？」

質問しながら紅茶を頂いた。

わお、大貴族のうちと比べても遜色《そんしょく》のない味だ。

ていうか、アーニャが丁寧に淹《い》れてくれたのが分かる。アーニャの人柄《ひとがら》の良さが味ににじみ出ているんだろう。

これがうちだと、俺の分の紅茶はもっと雑に淹れられていた。なんならわざと冷めるまで待ってから持ってこられた。

ひさしぶりにちゃんとした紅茶を飲んだ気がするぜ。

「はい、ヴィル様のお父様であるロバート・ワンダースカイ様よりお言葉を頂いております。なんでも、ご長男様を当ギルドの会員にして頂けるだけでなく、ここに住《す》み込みで粉《ふん》骨砕身《こっさいしん》、昼夜問わず働かせて構わないとのことで」

「はあ？　ちょ、待っ」

あのクソ父上は何を勝手なこと言ってくれちゃってるんだ。

アーニャはにこりとするだけ。

かわいい。この笑顔は裏切れない。つまり、このギルドからは逃《に》げられない。

「あ、そういえば、ご長男様には何も伝えずに放り出すとおっしゃってました」

「父上からの愛がよく伝わってくる話だな。マジかよ……」

「はい。マジでございます」

しかし、この子も変わってるな。

何が楽しくて、一年間ひきこもってるニートやろうをギルド会員にして働かせたいのか。

真面目に働かないに決まってる。そう考えるのが普通《ふつう》だ。

「アーニャはさ、俺がちゃんと働くと思ってるの？」

「はい、ヴィル様は優秀な男性ですから」

うっ、期待の眼差《まなざ》しが眩しいっ。

蔑《さげす》みではない視線なんてひさしぶりにもらった。この子は綺麗な心でマジで俺に期待してくれていると思う。

これ、働かざるをえないんじゃないだろうか。かわいい子に残念な思いなんてさせられないぞ。

「まったく。どうしてこうなったんだろうな」

「それはですね、私の父とヴィル様のお父様が友人だったからでございますね」

「マジかよ」

「はい。本当です。お二人は大変仲がよろしく、共に飲みに出かけることはしょっちゅうでした」

へえー、父の交友関係は貴族関係しか知らなかった。

庶民《しょみん》の友達もいたんだな。

「ロバート様は我が家にもよく遊びにおいででした。お土産《みやげ》にお菓子《かし》やお酒を持ってきて頂いたり、私にお小遣《こづか》いをくれたりと大変よくして頂きました」

「俺にはお小遣いなんて一年以上くれてないのに……」

「父同士で、いつか子供同士を結婚《けっこん》させせようなんて話もしてましたよ」

「飲み会のノリだなぁ。結婚するなら弟の方を推薦するぞ。かっこいいし優秀だ。性格もできてる」

「ヴィル様も優秀ですし、とてもかっこいいですよ」

「え、え、そ、そうかなぁ。いやー、照れるなー、ははは」

今日はよく褒めてもらえる日だな。

こんなに褒めてもらえるなんて、明日くらいに俺は死ぬんだろうか。

存在とか否定されないで過ごしているのはいつ以来だろう。ちょっと記憶にないな。

「つい先日、ロバート様は改めておっしゃっていました。欲《ほ》しいのならご長男様を婿《むこ》にあげるよと」

普通、長男を婿に出すかー？

あの父はどんだけ俺を邪魔者《じゃまもの》扱いしてるんだよ。

生まれたときはあんなにかわいがってくれてたのに。覚えてないけど。

「私はぜひ欲しいですと返事をさせて頂きました。ロバート様は大喜びでした」

アーニャの鼻先からほっぺまで真っ赤っか。

俺を一人の男として見ている女の目だ。

めっちゃかわいい。

だが、父は気に入らん。

「ったく、父上はこんなにいたいけな女の子となんつー話をしてるんだ。つーか、俺さ、なんとなく気がついてきたんだけど。もしかして、俺が必要なくらいにこのギルドは困った状況《じょうきょう》になってるのか？」

大変なときは猫《ねこ》の手も借りたいと人は言う。

つまり、アーニャはひきこもりの手でも借りたい状況なんだろう。

それで、昔から交流のある俺の父に相談してみたところ、ヴィルヘルムを使っていいぞ、みたいな流れになったんだろう。

父としても部屋にこびりついている俺をひっぺがす良い口実になったってところか。

やれやれだぜ。

アーニャが綺麗な顔を憂《うれ》い色に染めた。やっぱり推察が当たったみたいだ。

「実はお恥ずかしい話なのですが」

アーニャの綺麗な瞳が陰《かげ》った。

「当ギルド、〈グラン・バハムート〉には会員様がほとんどおらず……。というか、私と私のお友達と、あとミューちゃんしかいないんです」

「三人だけか。それは寂《さび》しいな。ミューちゃんっていうのもお友達？」

「あちらにいる方です」

「ミュー……」

そっちを見てみたら魔獣のソーダネミューがしょんぼり顔になっていた。

「なるほど。ソーダネミューのミューちゃんか。魔獣の手も借りたい状況ってわけだな」

よーく、理解した。

ギルドの戦力としては少な過ぎる。

そりゃーひきこもりの手でも借りたいってもんだぜ。

「父がいた頃《ころ》は、今よりもっと繁盛《はんじょう》していたギルドだったのですが」

「そうだ。お父さんは？」

「去年のはやり病でお亡《な》くなりに……」

すっげー暗い顔になってしまった。

「うわ、すまん。辛《つら》いことを無神経に聞いてしまった」

「いえ、自分で言ったことですのでお気になさらず」

はやり病か。確かに一年前にはやっていた気がする。

俺《おれ》はその頃にはもうひきこもりで、自分の部屋からはいっさい出なかったから全然関係なかった。

別世界のことみたいに遠くから見てたよ。

「すまん、もう一つ辛いことを聞いてしまうんだが」

「はい、大丈夫でございます。なんでしょうか？」

「このギルドって、経営は大丈夫なのか？」

ギルド経営は甘《あま》くない。子供とお友達と魔獣だけでやっていけるものじゃあない。

最強経営者と最強冒険者《ぼうけんしゃ》と最強魔獣の三人なら可能かもしれないが、アーニャはそういうタイプには見えないし、ソーダネミューは中堅《ちゆうけん》魔獣だ。これではギルドの経営はすぐに立ち行かなくなると思う。

「いえそれが、ぜんぜんでして」

あちらをご覧くださいませ、とアーニャが掲示板《けいじばん》に注目させた。

「お恥ずかしながら、ご覧のようにクエストが山積みに溜《た》まっている状態でして……」

小さい店舗《てんぽ》のわりに、かなり大きな掲示板だが確かに山盛りだ。

掲示板一面にぎっしりクエストの依頼《いらい》紙が貼《は》られているし、それが二枚、三枚、重なっているところだってある。

ギルド会員が足りなくて、攻略《こうりゃく》が追いついていないということか。

そこで俺の出番ってわけだ。

あれを攻略すれば俺は自分の部屋に、いや、楽園に帰れるってことだな。

「なるほどね。だいたい理解したよ。あれは俺がやるよ。あのクエストを全部な」

「よろしいんですか？　街の外に出ることになりますが」

「筋肉痛を覚悟《かくご》すればいけるさ。たぶん……」

「今日はお暑うございますよ？」

「たまには汗《あせ》くらいかかないとな」

じゃないと身体が汗のかきかたを忘れてしまう。そんな病気にはなりたくない。

「剣の振り方は覚えてらっしゃいますか？」

「ああいうのは一度身体に染《し》み付いたら忘れないもんだ」

「なんて頼《たよ》りがいのある人なんでしょうか。さすがはヴィル様です」

ふふん、いくらでも頼ってくれ。

俺はかつては天才と呼ばれたエリートな男さ。

こんな小さなギルドのクエストくらい風のように素早《すばや》く対応してみせるぜ。

「では、さっそくギルド会員登録をしてもよろしいでしょうか？」

アーニャが嬉しそうに立ち上がった。

「あ、クエスト手帖《てちょう》が無い。家に帰ればまだあるかもしれないが、今は帰れないんだよな」

「問題ございません。こちらで新しくお作り致しますので」

「すまん、金が無いんだが……」

財布《さいふ》なんて持ってきてない。

だって、父に強引《ごういん》に放り出されたから。手にもポケットにも何も無い。

「大丈夫でございますよ。当ギルドは、大絶賛、新規会員様募集《ぼしゅう》キャンペーン中ですから。無料でお作り致します」

マジか。あれけっこう高いのに。

でもそれくらいギルドの状態がヤバいってことなんだろうな。

アーニャが棚《たな》から新しいクエスト手帖を取り出してくれた。

俺はギルド会員登録証とクエスト手帖にサインをして、両方にわずかばかりの魔力《まりょく》を込めた。この魔力が個人認証《にんしょう》代わりになり、正式な手続きとして扱《あつか》われる。

よし、完了《かんりょう》だ。これで俺は正式にギルド〈グラン・バハムート〉の会員だ。

会員登録をすると便利なんだよな。クエストの達成状況が魔法《まほう》の力で自動的にクエスト手帖に書かれたりする。これ、すげー楽なんだよ。

アーニャを見てみたら嬉しそうに目を輝《かがや》かせていた。

お父さんが亡くなってから初めての新規会員だそうだ。それまでは人が離れていくばかりで大変だったらしい。

「ミューちゃん、ミューちゃん、あれをやりましょう」

ソーダネミューがアーニャの隣《となり》に並んだ。

二人で練習をしていた何かがあるようだな。

アーニャがかわいらしく「ご、ごほん」と小さく咳払《せきばら》いをした。

アーニャが腕《うで》を広げる。ソーダネミューも腕を広げた。

「ヴィルヘルム・ワンダースカイ様、ようこそ、我らが〈グラン・バハムート〉へ！　我々はヴィル様のご登録を心より歓迎《かんげい》致します！」

「ソーダネ！」

あ、なんか嬉しい。

本気で歓迎してもらえている。

家では俺は、いてはいけない邪魔者扱《あつか》いだったのに。ここでは心から歓迎してもらえる。

えらい違《ちが》いだ。

くっ、涙腺《るいせん》に来るぜ。

「ありがとう。一緒《いっしょ》に頑張《がんば》ろうな」

　俺は手を差し出した。

「はいっ。どうぞよろしくお願い致します！」

　アーニャの小さな手と握手《あくしゅ》をして、ソーダネミューの大きくてもふもふな手とも握手をした。

　よし、ここまで歓迎してもらえたんだ。クエストを頑張ってやりますか。

「ぐうううううううううぅぅぅぅぅぅぅぅぅぅぅ」

　今の、俺の腹の音だ。

　自分でもびっくりの大爆音だった。大型魔獣の声みたいな感じ。

　これはあれだ。一年ぶりに外に出て、街を歩いてみたら思った以上に体力の消費があったんだろう。恥ずかしい。超恥ずかしい。意識したらどんどん腹が減ってきた。

　アーニャがコロッと笑顔を弾《はじ》けさせた。くすくすかわいく笑う。

「ではまずは、お食事に致しましょうか」

　本当に申し訳ないが、俺には金がない。ここでごちそうしてもらえることになった。自分でもかっこわるいなって思った。

◇

「す、すごいな、これは」

アーニャがパタパタ手際《てぎわ》よく料理を用意してくれた。それがかなり豪華《ごうか》だった。

太くてコクがありそうでパキッとした食感が楽しめそうなソーセージだろ。少し半熟に焼かれた形の良い目玉焼きだろ。香《こう》ばしいオニオンスープに、新鮮《しんせん》な野菜サラダ。それから、柔《やわ》らかでほかほかなパンだ。

「ヴィル様、質素なお昼ごはんで申し訳ございません。ご貴族様のお舌に合うかどうか分かりませんが」

「いやいやいや、貴族だってパーティーのときくらいしか豪勢《ごうせい》な食事は出ないよ。アーニャが作ってくれたのは貴族の普通の昼飯よりもずっと豪華だぞ」

しかも、食事に愛を感じる。

うちの食事には愛はなかった。

俺がこの一年で出された家の食事は、全部が冷たいものか昨日の残りものだった。ひどい日は硬《かた》いパンと水だけ。

働かざるもの食うべからず、って言いたかったんだろうな。

それが――。こんなにも温かで柔らかで良い香りで美味《おい》しそうな料理を食べられる日が来ようとは。

頑張って家から三〇分くらい歩いてここまで来てよかったよ。苦労したかいがあるってもんだ。

ソーセージをポキッと食べてみた。

肉汁《にくじゅう》が楽しい。じゅわーっと俺の舌に染み込んでくる。たまらないぜ。

「うわあー、うめえーっ。うちの料理と全然違う。ひきこもりの俺がこんなにうまいもん食っていいのかな。罪悪感が調味料になってますますうめえー」

「チッ、このニートやろう」

ん？　低くて渋《しぶ》い謎《なぞ》の声が聞こえたぞ。今のは誰《だれ》の声だろうか。

まさかアーニャ？

いやいやいや、アーニャはニコニコしながら食事をしているだけだ。

他に食卓《しょくたく》にいるやつはといえば、魔獣《まじゅう》ソーダネミューのミューちゃんしかいないんだが。

……まさかこいつだろうか。魔獣って基本的に人語は喋らないんだけど。

「なあ、アーニャ。今、こいつ喋った？」

アーニャがソーダネミューを見る。

ソーダネミューが器用にナイフとフォークでパンを切って上にバターをのっけていた。

うわ、めっちゃ手先の器用なやつだ。こんなことができる魔獣は普通はいないぞ。

「ミューちゃんが喋った……ですか？　ヴィル様の気のせいかと。ミューちゃんはソーダネとミューの二語しか喋れないですよ？」

「そうだよな。普通は」

ソーダネミューはそういう生き物だ。

「じゃあ、俺の気のせいかな」

「ふっふっふ。はたしてそうかな。このニートやろう」

「は？　今、こいつ絶対に喋ったよな。けっこう長い言葉を喋ったぞ？」

俺がミューちゃんを見てみると、何事もなかったかのようにパンをパクリとした。もしゃもしゃして、とても上品に食べている。

「おい、ミューちゃん、もう一回言ってみろよ」

「ミュー……」

「嘘つけ――――っ！」

なにかわいこぶってやがんだ。くそー。悔《くや》しい。魔獣ごときにバカにされるとは思わなかった。いくら俺はひきこもりとはいえ魔獣以下ではないはずなのに。

アーニャがくすくす笑っている。しかし、アーニャにはミューちゃんの言った「このニートやろう」の声は聞こえていないらしい。

「面白《おもしろ》いご冗談《じょうだん》でございますね。くすくす」

口に手を当ててかわいらしく笑う。

この笑顔の前なら、魔獣の多少の暴言くらい許したくなってくるかも。

「ヴィル様、スープがまだ残っていますが、おかわりはいかがでしょうか？」

「あ、ぜひ頂くよ。超《ちょう》美味しいし」

「えー、このニートやろうを甘やかすのー？　反対ー」

ミューちゃんが何か言ったが、その言葉もアーニャには聞こえていないようだ。俺にしか聞こえていないらしい。

アーニャが俺のスープの器を受け取って後ろのお鍋《なべ》に向かう。その間に俺はソーダネミューを思い切り睨《にら》みつけた。

ソーダネミューはつぶらな瞳《ひとみ》になった。

「ミュー……」

「嘘つけ――っ。魔獣のくせにかわいこぶってんじゃねーよ。さあ、黒い本性《ほんしょう》を出してみろ。ほらほらほら」

ほっぺをひっぱってやった。

意外に柔らかくてけっこう伸《の》びる。モチモチほっぺだ。

「みゅ、ミュー……」

なんとミューちゃんが俺にやりかえしてきた。俺のほっぺもけっこう伸びた。一年ほど運動していないせいかほっぺが柔らかくなっているようだ。

「ぐぬぬぬぬ……」

「ミュミュミュミュミュ……」

お互《たが》いに譲《ゆず》らない。ほっぺをひっぱり合う。目と目で火花を散らした。

俺はいったい何をやっているんだろうか。相手はもふもふな魔獣だぞ。自分でもちょっと意味が分からない。

「くすくすくす。お二人ともすっかり仲良しさんですね。はい、おかわりです」

「あ、さんきゅ。あとこれは決して仲良しってわけじゃないからな」

「ソーダネ」

アーニャは楽しそうにした。たぶん何も分かっていない。

「アーニャはミューちゃんとは、けっこう長い付き合いなのか？」

「はい。語ると長くなってしまうのですが」

「かまわないぞ。時間はいくらだってある」

だってひきこもりだもの。

アーニャが目を細めた。遠い記憶を思い出しているのだろう。

「あれは私が六歳《さい》の頃。激しい雨の日の夜でした。仕事に出ていた父が困った顔をして帰ってきたんです。何事かと思ったら、腕の中にはタオルに包まれた白いもふもふな魔獣がいました」

「それがミューちゃん？」

「はい。まだ生まれて間も無いミューちゃんでした。私はちゃんと拾ったところに返してきた方がいいって父に言ったのですが、事情を聞いてすぐに引き下がりました。ちょうどその頃は魔獣ソーダネミューの毛皮が市場で高値で取引されていて、うちとは別のいくつかのギルドで乱獲《らんかく》合戦があったらしいんです」

「あー、けっこう良い値になるよな」

「でも、ミューちゃんはまだ売るほどの毛が無いくらいの小ささでしたから、資源管理の意味合いから一匹《ぴき》だけ見逃されていたみたいなんです。ですが、あまりにも小さ過ぎて自分だけで食事もできない状態でした。だからうちで面倒《めんどう》を見ようと連れて帰ったそうなんです。父はうちで飼うと言って譲りませんでした」

なるほどなぁ。ギルドは金になると踏《ふ》んだら容赦《ようしゃ》のないところが多い。見逃されたミューちゃんだって一年もすれば狩《か》られていたかもしれない。

「その日からずっと私がミューちゃんの面倒を見ています。ごはんをあげたらいくらでも食べてくれるのが嬉《うれ》しくて嬉しくて。つい調子に乗って食べさせていたらこんなに大きく成長してしまって」

「そりゃー、こんだけ美味《うま》い飯を毎日のように食ってたら、普通よりもでかくなるわな」

「今では立派なうちのギルドの守護獣《じゅう》ですよ。お留守番もできるんですよ」

「働かざるもの食うべからずってことだな。魔獣なのにちゃんと働いてて偉いじゃねーか」

「お前も働け。このニートやろう」

ミューちゃんから暴言が来た。

俺はギロリと強く睨んだ。

「ミュー……」

「嘘つけ――っ。そんなかわいい性格じゃないだろっ」

ミューちゃんのかわいい声がツボにでもはまったのか、アーニャはひたすらニコニコ笑っていた。

美味い昼飯の礼だ。

食った分、しっかり働いて返そうと思う。具体的に言うと〈グラン・バハムート〉にたまっているクエストをがっぽりクリアしようと思う。

ひきこもりにだって受けた恩に対する感謝の気持ちはあるってもんよ。

というわけで、俺は街の外に出た。

たとえ俺の筋肉と精神は錆《さ》びついていようとも、学生時代に培《つちか》った技や経験は何一つ陰ってはいない。

勇者の神剣技《かみけんぎ》の一つ、《瞬風《しゅんぷう》》。これは風のように走る技だ。

学園にいた頃に剣術《けんじゅつ》の先生が「私にはできないが、もしも諸君がこの剣技を習得できたら凄《すご》いぞ」と言っていたレアな技だ。それを優秀《ゆうしゅう》な俺は三分でできてしまった。

その先生は立場が無くなってしまって三日間も寝込《ねこ》んでしまったのは良い（？）思い出だ。俺が優秀過ぎて本当にごめんなさいって思ったもんだ。

街の門を抜《ぬ》けた瞬間から俺はその《瞬風》を使って高速移動をしている。俺の動きが速すぎて、人にもモンスターにも風が通り抜けたようにしか思われていないだろうな。

◇

ふふふ、ひさびさに思いっきり走ると気持ちがいいもんだぜ。

ま、俺の筋肉は悲鳴をあげてるけどな。

明日は確実に筋肉痛だろう。それでも俺は、美味くて温かい昼飯を食べさせてくれたアーニャのためにも頑張りたい。

アーニャに借りた古い剣で、小型の魔獣をバッサバッサ斬《き》っていく。

クエスト手帖に成果がどんどん自動記入されていく。

必要な素材を見つけたときは、素早く拾って魔法の布袋にしまった。これ、いくらでも物が入る高級品だ。ちなみに、アーニャから借りた。

お次は、魔王《まおう》の極限魔法の一つ、《マジカルアバター》を使った。これは魔力を使って自分と同等の分身体を複数作ることができる魔法だ。

分身体は俺の意のままに動くし、命令すれば勝手に作業をしてくれる。

俺はその分身体を三〇体も作った。

その分身体に命令を出して薬草やキノコや花の採集をしていく。

「……うーん。難易度が物足りない。どうも素材収集系の安いクエストばっかり溜まってたみたいだな」

確かに一般人《いっぱんじん》が攻略しようとしたら時間はかかるんだろうが……。どれだけ攻略しても、これはあまり良い稼《かせ》ぎにはならなそうだ。

俺は夕方まで風のように走り、分身体に作業をさせ、俺自身も戦ったり素材を収集したりとけっこう頑張った。

山の向こうが真っ赤に染まっている。もうすぐ夜になるな。

腹が減ったなと思いながら街へと戻《もど》った。さすがにここでは高速移動は危ないので速度をゆるめる。

どの店からも家からも、美味しそうな香りが漂《ただよ》ってきた。

ずっと遠くに我《わ》が家《や》が見える。

うちは有力貴族だから高いところの大きい家に住んでいるんだよな。今日はすげー疲《つか》れたし、そろそろベッドに、いや、俺の楽園に帰りたいな。

でもクエストの報告はしないとダメだ。

街の中心部のちょっと静かな通りにある〈グラン・バハムート〉へと戻ってきた。

木の扉《とびら》を開けて中に入る。なんだ。ソーダネミューのミューちゃんしかいない。

「おっす。ただいま」

相手は魔獣とはいえ、いちおう挨拶をする。

「おーう、帰ってきたか、ニートやろう」

低くて渋い声だ。響《ひび》きのいい声ではある。

「ていうか、お前、絶対に喋ってるよな。その低い声はいったいなんなんだよ。お前のもふもふな毛皮の中に人でも入ってんのか。あと、俺はニートじゃねぇ」

「嘘《うそ》つけ、このニートやろう」

俺をコケにしたような目をしてやがる。すげームかつく。

「今日はいっぱい働いたから俺は立派な労働者だよ。ちょっと口の中を見せてみろ。実は着ぐるみで中に人が入ってるとかそういうオチか？」

「あ、こら、てめっ」

強引に口を開けてみる。うーむ、綺麗《きれい》な歯だな。ちゃんと磨《みが》いてるっぽい。って、そうじゃない。中には誰もいないっぽい。おかしいなぁ。

「あがー……、お、覚えてろよ、このニートやろう」

うわ、よだれが出てきた。もういいや。

ソーダネミューの口を閉じた。

「クエストの達成報告をして家に帰ろうと思うんだが」

「おう。けーれけーれ。ニートには家がお似合いだミュー。はっはー」

「その前にお前を斬って俺の経験値にしてやろうか」

「なはははは、面白い冗談だな、おい」

バチバチバチッ。俺とミューちゃんの間に火花が散った。

お、やる気か、こいつ。中級魔獣のソーダネミューじゃあ俺には絶対にかなわないぜ。なにせ俺は優秀だからな。なーっはっはっはっは。

ソーダネミューが手をくいっくいっとする。

俺にかかってこいと言っているんだろう。良い度胸じゃねーか。俺は指をポキポキ鳴らした。

どうせ明日は筋肉痛確定だ。労働ついでにここらでもういっちょ暴れるのも悪くない。

「いくぜ、おらあ！」

「かかってきやがれ、このニートやろう！」

「うおおおおおおおおおおおお」

「ミュ――――――――――――」

「ただいまー」

木の扉が開かれた。

殺伐《さつばつ》としていた店内が一瞬《いっしゅん》で花畑になったように感じた。

ああ、かわいい。アーニャが帰ってきたようだ。

俺とミューちゃんは慌《あわ》てて拳《こぶし》をしまうも勢い余ってお互いに大激突《だいげきとつ》。自然に抱《だ》き合ってしまう姿勢になってしまった。

すっげーもふもふ。

「うふふふ、お二人とも、もうすっかり仲良しさんですね」

「ミユゥウウウ」

すっげー不満そうな声を出しやがる。まあ俺もお前と同じ気持ちだよ。

「ミューちゃんお留守番ありがとう。お客さんは来なかった？」

「ソーダネ」

アーニャは食材の入った大きな紙袋《かみぶくろ》を両手で抱《かか》えている。晩ごはんの食材だろうか。背負っているのは魔法のリュックだろう。俺が素材を入れていたのと同じようなものだ。物がいくらでも入るやつな。

「もしかして、アーニャもクエストに出ていたのか？」

「はい。ギルドマスターもギルド会員の一人ですから。微力《びりょく》ですが、私もクエスト攻略に励《はげ》ませて頂きました。あ、食材の方はご近所さんが分けてくださったんですよ。えへへ。すぐに晩ごはんをお作り致しますね」

「いや、そこまでは世話になれないよ」

「え、でも」

「クエストの確認《かくにん》をしてもらえるか？」

「それはもちろんさせて頂きますが……」

アーニャがミューちゃんに指示を出した。

食材をキッチンに持っていくことと、お風呂《ふろ》を沸《わ》かしておくことの二つだ。ミューちゃんはむかつくやつだけど、家の手伝いまでできるなんてすげー優秀な魔獣だな。

俺はクエスト手帖を腰《こし》から外してカウンターに置いた。

向かいにアーニャが来る。

クエストの管理簿《かんりぼ》を取り出して、俺のクエスト手帖と比べた。

「ふむふむふむ……。あれ？　これって何個対応されたんですか？」

「どうだろう。ざっと三〇個くらいじゃないか？」

「さ、三〇個ですか？　すごい。すごすぎますっ。さすがヴィル様です。私、信じられません。とっても尊敬しますよっ。私なんて一日一個が限界で」

俺は胸を張った。鼻が高いね。

アーニャが俺に尊敬の眼差しをくれる。それがとても誇《ほこ》らしかった。

なにせ超《ちょう》かわいい女の子だからな。褒《ほ》められてイヤな気分になどなるはずがない。

「掲示板がとてもすっきりしましたね」

「ああ、目ぼしいものはあらかた攻略できたと思う」

「本当にありがとうございます。とても助かりました。すぐに精算致《いた》しますね」

「ああ、それはいいや」

「はい？」

うきうきしながら計算を始めたアーニャだったが、首をかわいく傾《かし》げた。

「美味しい昼飯の礼ってことにしてくれ。本当に美味しかった。ひさしぶりに幸せを感じたよ。クエスト三〇個分ならギルドの維持費《いじひ》の足しくらいにはなるだろ。遠慮《えんりょ》なく受け取って欲しい」

「いえ、そういうわけには。頑張ったのはヴィル様ですし」

「俺、こう見えて金持ち貴族の息子《むすこ》なんだぜ。だからお金はいいんだよ」

アーニャは目をつぶって、うーんと考えた。

いっぱい考えた。一生懸命《いっしょうけんめい》考えた。

彼女《かのじょ》の中にこういうときにどうすればいいのかのレパートリーが無いんだろう。けっこう待ったら、とても申し訳無さそうに恐縮《きょうしゅく》した様子を見せた。

「あ、ありがたく受け取らせて頂きます……。その……、お恥《は》ずかしながら、ギルドの運営がなかなか厳しい状態なんです」

「そうだろうなって思ったよ。俺を含《ふく》めても三人と一匹しかいないんじゃさ」

クエストだって時間をかければ誰でもできるような簡単なのしかなかったし。街からの信頼《しんらい》が乏《とぼ》しいんだろうなと思う。信頼があるのならもっと街から頼られて、難しい依頼がどんどん来るはずだ。

信頼が無ければギルドは存続していくことはできない。今の〈グラン・バハムート〉には、お金はあればあるだけ嬉しいはずだ。

「で、でも、今回だけですからね。明日からはぜひ受け取って頂きたくて」

「いや、俺はひきこもりに戻るよ。またクエストが溜まったら働きに来るかもな。そのときはまた昼飯を食べさせてくれたら嬉しい」

「はい？　あの……、おじさまからはヴィル様が〈グラン・バハムート〉にしばらく宿泊《しゅくはく》するとのお話だったのですが」

「父上はそんなことを言ったのか。宿泊なんて迷惑《めいわく》はかけられないよ。クエストは終わったし、今日は帰るよ」

「迷惑だなんてそんな。せめて、晩ごはんを食べていってくださいませ」

「家に帰ればなんかあると思うから」

昨日の残りものとか、冷たいスープとかだろうけどな。

俺は木の扉に手をかけた。

う……、アーニャの作る晩ごはん、やっぱりちょっと食べたかったかも。

今更《いまさら》なにを未練がましいことを考えてるんだ。帰る、帰るぞ。今日の俺は立派な労働者だ。ギルド会員だ。働いたんだから堂々と家に帰ればいい。

「じゃあ、またしばらくしたら来るから」

アーニャが寂しそうな、心配しているような顔をしている。というか、オロオロしている。ミューちゃんはすげー嬉しそうに俺に手を振《ふ》っている。頭にくるやつめ。

「ヴィル様、お気をつけて……。あの、今日はありがとうございました」

軽く手を振って、俺は〈グラン・バハムート〉をあとにした。

短い時間だったが、良い体験だった。

アーニャはかわいいし、いっぱい褒めてくれたし、俺は人としての尊厳を取り戻せた気がした。

「ま、一週間くらいしたらまた様子を見に行くかな」

住宅街から良い香りがする。お腹《なか》が大きく鳴った。ああ、腹減った。俺の分の晩ごはん、ちゃんと用意してくれてるかなぁ。

夜はちょっと冷える。空《す》きっ腹《ぱら》にすげーこたえた。


「ただいまー」

あれ、父上がいる。玄関《げんかん》の向こうで俺を待ち構えていたようだ。

愛する息子が、晴れてひきこもりから労働者へとクラスチェンジできて喜んでくれているのだろうか。

堂々と報告をしよう。

「父上、俺、クエストをたくさん――」

「よし、あいつを家からつまみだせ」

顔なじみの兵に指示を出した。つまみだす対象は、俺だ。

「ちょ、え、待っ。どういうことですかっ。父上、俺、働いたんですよっ」

二人の兵に両脇《りょうわき》を抱えられた。

身体の大きな二人だ。俺なんて軽々と持ち上げてしまう。

「貴様はもう我が家から追放したんだ。悲しいがもう帰ってくるな。父だって泣きたい」

「そのわりに顔が嬉しそうですっ」

「そんなことはないっ。やっと家から汚物《おぶつ》が消え――、じゃなくて長男が一人立ちしてくれて感極《かんきわ》まっているのだ」

「いま汚物って言いました？」

「気のせいだ」

父はとっても嬉しそう。

「貴様を追放したのはマジだからな。一人前になるまで決して帰ってくるな。本当に迷惑だから帰ってこなくていいからな」

「二度も言わなくていいですっ。ていうか、俺《おれ》、どこで寝《ね》るんですか？　お金もないんですけど」

父はニコニコしている。普段《ふだん》よりも幸せそうな笑顔《えがお》だ。

「〈グラン・バハムート〉に決まっている。既《すで》にアナスタシアには、お前が世話になることは伝えてある。住《す》み込《こ》みで労働の喜びを知るんだな。ふふふふ、さあ、今宵《こよい》は宴《うたげ》だあ」

俺を追放した記念の宴かよ。なんて親だ。酷《ひど》すぎる。

「ああ、そうそう。〈グラン・バハムート〉は私にとっても思い入れのあるギルドだ。あそこを潰《つぶ》したらいかに息子といえど、この街から容赦なく追い出すからな」

「え、あの二人と一匹しかいない弱小ギルドがですか？　経営やばいっぽいですけど」

「それをなんとかするのがお前の仕事だ。いいか、これからお前が家に帰ろうとするたびに、私はお前の部屋の私物を容赦なく捨てていくからな」

「ひどっ。鬼《おに》っ。悪魔《あくま》っ！」

「悲しいがマジな話だ。私も辛い。涙《なみだ》が出てくる」

「そのわりに顔が嬉しそうです！」

くそー。心置きなく部屋の掃除《そうじ》ができるとか思ってそうだ。

つーか、マジで追い出された。

あーあ、扉を閉められて鍵《かぎ》をかけられた。

マジでどうするんだよ。

夜風は冷たい。腹が情けない音をあげた。

「くそー、身体が重い。お腹すいた。ベッドでごろごろしたーい」

けっきょく、恥《はじ》をしのんで〈グラン・バハムート〉に戻った。

アーニャはめちゃくちゃ嬉しそうに俺を迎《むか》えてくれた。

「すまん、泊《と》めてもらえたら嬉しい」

「大歓迎《だいかんげい》でございますよっ」

「戻って来やがったか、このニートやろう！」

一匹、歓迎してくれないやつがいたが、ギルドの二階の一部屋を俺が使っていいってことになった。

俺の実家の部屋よりはだいぶ狭《せま》いが、とても過ごしやすそうな良い部屋だなって思った。

あとアーニャの作ってくれた晩ごはんは最高に美味しかった。身体の隅々《すみずみ》にまで染み渡《わた》る味だった。今日はたくさん労働したせいか、人生でも格別な晩ごはんになった。

第2章 ★★★ ひきこもりは家を追い出されたのだ

「まさかヴィル様がロバート様から追放されてしまうなんて……。このリチャード、とても嘆《なげ》かわしいです」

執事《しつじ》のリチャード・セバスチャンがにこやかな笑顔になっている。

「そのわりにはずいぶん顔が晴れやかだが……」

「なんと。そうですかな？　ほっほっほっほっほー」

笑ってごまかされた。

「いやしかし、ヴィル様もずいぶん晴れやかな顔になっていますぞ。やはりたまには外に出てお陽様に当たらないとダメということですな」

「はりきり過ぎて全身筋肉痛だけどな……」

「このリチャード、ヴィル様のご健康が一番の喜びでございますよ。ほっほっほっほ」

リチャードは白髪《しらが》で長身の男だ。老《ふ》けて見えるがまだ五〇歳。姿勢はピンとしている。

口の上のヒゲと、いつも着ているベストがトレードマークのワンダースカイ家の優秀な執事だ。

ちなみに、俺の幼少期から誰よりも面倒を見てくれていて、俺にとっては父より頼《たよ》りになるおじさんってポジションだ。

そんなリチャードがなんでアーニャの家の裏口に来ているかだが、実家の俺の部屋から俺の私物を馬車に積んで持ってきてくれたからだ。

「お着替《きが》え、筆記具、整髪料《せいはつりょう》など、生活に必要と思われるものはこちらの家のお部屋に運《はこ》び込ませて頂きました。もちろん、剣と鎧《よろい》も――」

「あ、すまん、俺には鎧はいらない。自分の魔法で身体を強化する方がはるかに硬くなるからな。鎧は重いだけだ」

ほお、とリチャードが感心した。

「凄いものですな。それが世に言う魔王の極限魔法ですかな」

「いや、勇者の神剣技の一種だな。剣技って言ってるけど、実際は魔法を使うのもけっこうあるんだよ。リチャードも覚えてみたらどうだ？」

「ほっほっほ。この年で習得できますかなあ」

「優秀な俺が教えれば誰でもできるさ」

「では、無事に実家にお戻りになられましたら、ぜひご指導頂きたいです」

それっていつのことになるんだろう。なんてリチャードも思っただろうな。ああ、早く家に帰りたい。俺の部屋のベッドという名の楽園でごろごろしたい。

楽園こそが俺の居場所だ。誰にも気を遣《つか》わずに食《く》っちゃ寝《ね》できる。

リチャードが丁寧《ていねい》な所作で礼をした。

「さて、それでは、私はこのへんで失礼させて頂きます。ヴィル様の婿入《むこい》りが正式に決まりましたら、ぜひ誰よりも先にお知らせくださいませ」

「おいおい、アーニャは何歳《なんさい》だと思ってるんだ」

「妙齢《みょうれい》でございますよ。それにお美しい。いずれ国を代表する美女になることでしょう。ほっほっほっほっほっほ」

ったく、いい年して色恋《いろこい》話が好きだことで。

アーニャはたぶん、一二か一三くらいだぞ。結婚《けっこん》の話なんて早い早い。

……まあ、将来的には綺麗な女性になりそうではある。髪《かみ》も肌《はだ》も綺麗だし、脚も長いし。瞳はまるで宝石のようだし。こんなに揃《そろ》った女性を俺は他には知らない。

リチャードが馬車に乗って帰っていった。

俺もこの家の部屋に戻るか。ああ、くそ。また頑張って動かないと。身体がギチギチのバキバキで超《ちょう》重いし、かすかに動くだけでも全身に痛みが走る。

完全に本物の最悪レベルの筋肉痛だ。

今日は何もしたくない。明日も、あさってもずっと先もだけど。だって、俺はひきこもりだし。筋肉痛とか関係なく何もしたくない。

ふと、街路を眺《なが》めてみる。みんなせわしなく歩いていたり、労働に励んだりしている。

「みんな偉《えら》いもんだな」

毎日毎日、文句も言わずに働いてさ。俺にはみんなが眩《まぶ》しいよ。

◇

筋肉痛を理由に、夜まで俺は何もしなかった。

まあ、ギルド〈グラン・バハムート〉に溜《た》まっていたクエストは、俺が昨日ほぼほぼ片付けたから仕事は無いんだけどな。

それでもやっぱり多少の罪悪感は湧《わ》いてきた。

実家にいるのならともかく、ここはアーニャの家だからな。しかも、アーニャは昼からクエストに出ている。わずかに残っていた地味なクエストをこなすためだ。働き者さんだと思う。

俺にはアーニャが眩しい。

俺よりもだいぶ若いアーニャが働いているというのに、俺は店番という名の昼寝《ひるね》をして過ごしてしまった。

ミューちゃんに悪態をつかれたからつきかえしたりもした。ミューちゃんにはギルドの掃除を手伝えと言われたが、筋肉痛を理由に辞退した。そうしたら喧嘩《けんか》になった。ニート、ニートと連呼されたしむかついたから、俺はあいつとはしばらく口をきかん。

まったくもう。いくら魔獣とはいえ、ひどい筋肉痛のやばさを理解する知能くらい持っていて欲《ほ》しい。首から下がぜんぶ痛いし重いし固いしマジで動けないんだぞ。亀《かめ》みたいな速度でなら動けるけど、激痛を覚悟《かくご》しないといけない。めちゃくちゃ辛《つら》い。

あと俺の職業はひきこもりだぞ。部屋から出ないのがひきこもりだ。ひきこもりにあいつは何を求めているのやら。

気がついたら、夜になっていた。

アーニャはご近所さんからまた食材を分けてもらったようで、両手に大きな紙袋を抱えて帰ってきた。

「ヴィル様、お店番ありがとうございますっ。筋肉痛なのにお仕事をされるなんて偉いですねっ」

「ふっ、まあ俺ならこれくらい造作もないことさ」

なんて偉そうに腕組《うでぐ》みをしただけで悲鳴をあげたくなるくらいに筋肉痛だ。ていうか、店にいただけでゴロゴロしていただけだぞ。褒めてもらって申し訳ない。

「さすがはヴィル様ですっ。すぐに晩ごはんをご用意致しますねっ。おくつろぎになってお待ち下さいませー」

遠慮なくそうさせてもらおうと思う。筋肉痛やばいし、動けないし。

ロボットみたいな動きで、ぎこちなくキッチンテーブルについた。座《すわ》るとホッとする。

アーニャが料理をする様子を眺める。

プリッとしていて、良いお尻《しり》をしていると思う。料理をしているときって意外とお尻が動くんだなぁ。

アーニャは胸の膨《ふく》らみはまだまだだな。服をどうにか押《お》し上げる程度。でも、サイズはまだ遠慮がちでも、きっとかわいいおっぱいをしていると思う。だってアーニャは美少女だし、肌は艶《つや》やかで綺麗だし。

って、視線がエロいぞ、俺。

別にアーニャの身体を見たいんじゃない。料理をしているアーニャを見たいんだ。

女の子が楽しそうに歌いながら料理をする様子を見るのは良いもんだな。三角巾《さんかくきん》を着けてパタパタ動いて、たまに野菜なんかに語りかけながら料理をする。

アーニャを見ているだけで、なんだか俺は幸せを感じた。こんな気持ちが心に湧いたのはひさしぶりだ。

あと、アーニャは超《ちょう》かわいいと思った。将来、絶対に良いお嫁《よめ》さんになると思う。誰《だれ》のかは知らないけど、絶対に良いお嫁さんになるぞ。お嫁さんになってもらったら幸せな家庭が作れること間違《まちが》いない。旦那《だんな》になるやつが羨《うらや》ましい。

ああー、良い香りが漂ってきた。

どんどんお腹が空いてきた。今日は何もしていないのに。

今日の晩ごはんはなんだろうな。なんか煮込《にこ》んでるし、カレーだろうか。

ソーダネミューのミューちゃんがキッチンにやってきた。あいつの顔はしばらく見たくない。今日、けっこう喧嘩をしたし。ニート、ニート、うるさいし。俺、ニートじゃなくてひきこもりだって言っても理解しやがらないし。

「あ、ミューちゃん。お風呂わいたー?」

「ソーダネ」

「ヴィル様、料理はまだ時間がかかりますので先にお風呂にどうぞ」

「ちっ、わざわざニートのために沸かしてしまったのかミュー」

ミューちゃんの悪態は聞かなかったことにする。疲れるし。アーニャには聞こえてないみたいだから、俺が変なやつに思われるのもイヤだ。

きっとアーニャは心が綺麗だからミューちゃんの声が聞こえないんだろうな。なんかそんな気がする。俺は心が汚《よご》れているからミューちゃんの悪態が聞こえるんだろう。

「んー、一番風呂、いいのか？　なんか申し訳ないな」

「はいっ。ぜひどうぞ。気持ちいいですよ～」

「さんきゅ。じゃあ、遠慮なく」

「ぷーくすくす。残念だったなミュー。お嬢《じょう》がお風呂に入ったあとなら出し汁《じる》を飲めたのにー。ざまーみろだミュー」

視線の火花がバチバチ散った。

俺、ミューちゃんとは永遠に仲良くできない気がする。

「うふふ、二人共仲良しさんですね。あ、良かったら一緒《いっしょ》に入ってきたらどうですか？」

なにをどう勘違《かんちが》いしたんだよ、アーニャ。仲は超悪いぞ。

「ソーダネ」

「おい、嘘だろ。やめろ。本当に俺と一緒に入りたいのか？」

「ハッ、間違ったミュー。というか、気を抜くとソーダネとミューしか言えない自分がもどかしいミュー」

あぶねー。こんなでっかいもふもふと一緒に風呂なんて入ったら絶対にくつろげない。毛だっていっぱい抜けるだろうし、排水溝《はいすいこう》の掃除とかしたくない。

アーニャとなら一緒に入りたいけどな。背中の流し合いっこをしたい。

「なあ、アーニャはどうだ？　一緒に入らないか？」

気がついたら提案していた。何を言ってるんだ俺は。

「うふふ、今日はご遠慮させて頂きますね。火を点《つ》けてしまいましたので。また誘《さそ》ってくださいませ」

火を点けるのは手間がかかる。火を起こして、燃えやすいものに火を移して火力を大きくし、薪《まき》をくべて火を長時間維持《いじ》する。

いちど火を点けたら危ないから見ていないといけないし、消すと薪が超もったいない。

薪は高いんだ。

まあ、しょうがないだろう。

ロボットみたいな動きで俺は風呂に入った。

あー、身体に温かな湯が染《し》み渡るー。

筋肉痛にかなり良い湯の気がする。幸せだ。労働した後の幸せってこんな感じなんだな。

労働したのは昨日だけどな。

これでアーニャが一緒にいてくれたら最高なんだけどな。

お、風呂の外に人影《ひとかげ》だ。

ま、まさか。やっぱりアーニャが「一緒に入りますね」ってことだろうか。ど、どうしよう。いざとなったら自分の裸《はだか》を見られるのが恥ずかしい。

どうしよう。本当にドキドキする。

心の準備が——整う前にドアが開かれた。

「うわあ、ちょっと待ってくれ。アーニャ、それはダメだ。俺たちは年は離《はな》れてても男と女。こういうのは愛を育んでから……。って。お前かよ。くそがあああああ！」

ぽかーんとしたミューちゃんがそこにいた。

もうやだ、最低だ。

「ほーん、このニートやろう、何を想像してたんだミュー？」

鼻をほじほじしながら聞いてくる。むかつく。

風呂桶《ふろおけ》にお湯をめいっぱい入れてかけてやった。

「わーっ、な、なにをするんだミュー」

白い毛がお湯に濡《ぬ》れて、なんか別人みたいにほっそりしたぞ。ははは、なんだあれ。すげー弱そうになった。

「つーか、お前、なんの用だよ」

「ニートって自分で身体をちゃんと洗えるのかなって単純に興味をもっただけミュー」

「バカにしすぎだ。バーカ、バーカ！」

「バカって言ったほうがバカなんだミュー。バーカ、バーカ！」

ああ、疲れる……。

ミューちゃんを追い出した後は、思いっきり脱力《だつりょく》してくつろがせてもらった。あいつがいなければここは天国かもしれないのになぁ。

風呂からあがったらちょうどシチューができあがったところだった。カレーかと思ったけど予想が外れた。まあどっちも作り方は似てるしな。

うわー、すげーうまそうだ。むしろこっちで良かった。料理屋のシチューと遜色《そんしょく》ないレベルじゃないだろうか。今日何もしてないのに見てるだけで腹が減ってくる。マジで美味《おい》しそうだ。

「お口に合うか分かりませんが、どうぞお召《め》し上がりくださいませ」

「絶対に大丈夫《だいじょうぶ》だよ。超うまそう。いただきまーすっ！」

んんん～。この香り、とろりとした舌触《したざわ》り、喉越《のどご》しにコク。人参《にんじん》の柔《やわ》らかさと甘《あま》みはたまらんし、鶏肉《とりにく》のプリッとした食感もいい。なによりパンをつけて食べると最高に美味しい。これ、おかわり何回でもいけるよ。

「アーニャ、これ最高のシチューだよ。専門のお店を出せるんじゃないかってくらいに美味しい」

「えへへ、ヴィル様に褒めて頂けてとても嬉《うれ》しいです」

アーニャが何かに気がついたのだろうか。目をパチッとさせた。

対面の席から身を乗り出して俺に近づいてくる。深紅《しんく》の綺麗な瞳《ひとみ》が俺の顔を見ている。

なんて綺麗な瞳なんだ。吸《す》い込まれそうだ。世界中のどんな宝石にも負けないような清廉《せいれん》な美しさがある。

ていうか、近すぎないか。

俺は目を閉じた方がいいのか。何をされるんだろうか。

「お口《くち》の端《はし》にシチューが。取ってしまいますね」

アーニャが人差し指で俺の口の端のシチューをすくい取った。

けっこうな量だった。めちゃくちゃ恥ずかしい。いい年して子供みたいな食べ方をしてしまった。でも、童心に帰るくらいに美味しかったんだからしょうがない。

あ――。アーニャはそれが当たり前のように、人差し指のシチューをぺろりと舐《な》めた。けっこう色っぽい感じに舌を出して舐めあげていた。

「あれ？　なんで見てるのでしょうか？　私、もしかして失礼なことをしてしまったでしょうか？　貴族社会についてはよく分からず。マナー違反《いはん》でしょうか？」

不安にさせてしまった。

「い、いや、むしろもっとやってくれ」

「はい？　もう付いてませんが……」

「次の機会があったらってことで」

「はいっ。そうさせていただきますね」

「このニートやろうが」

ミューちゃんに睨《にら》まれたが、まあどうでもいい。それよりも今のアーニャは色っぽかった。こっちの方が大事だ。

アーニャって実質一人暮らしだから、実年齢《じつねんれい》よりも大人びているのかもしれない。あ、そうだ。年齢《ねんれい》。そろそろ聞いてもいいだろう。

「なあ、アーニャって何歳なんだ？」

「一二歳《さい》ですけど」

想像とだいたい同じだった。

「その年で一人暮らしは偉いな」

ミューちゃんが不満そうに顔を伸《の》ばして俺の視界に入ってきた。

ああ、そうか。一人暮らしじゃなくてもう一匹《ぴき》いるか。すまんすまん、でも会話に邪魔《じゃま》だからミューちゃんの顔を視界の外に追いやった。

「アーニャはいつから一人暮らしを？」

「去年、父が亡《な》くなってからですね。お母様は数年前に病気で他界しています……」

「そうだったな……。すまん、また辛いことを聞いてしまった。アーニャって親戚《しんせき》はこの街にはいないのか？」

「いますけど。私は〈グラン・バハムート〉を愛していますから、この家を出る気はないんです。父と二人でずっと大事にしてきたギルドですので」

その大事なギルドが傾《かたむ》いてるんだよな。

しかも、女の一人暮らし。色々苦労が耐《た》えないだろうな。それなのに笑顔を忘れずに、俺みたいなひきこもりの相手までしてくれて。本当に偉い子だ。

今度は俺がテーブルに手をついて身を乗り出した。

アーニャに近づく。

何をされるのかとアーニャが少し警戒《けいかい》の様子を見せた。

特に何もしない。頭を撫《な》でるだけだ。

自分にとってできるだけ優《やさ》しい手付きで、アーニャが喜んでくれそうなくらいしっかりと撫でてあげる。

アーニャの髪はさらさらで触《さわ》り心地《ごこち》がよかった。

「アーニャ、えらいえらい。一人で頑張《がんば》ってきて、大変だったよな」

「ふあっ。なななな、なにを。私、まだお風呂に入ってなくて、クエストにも行きましたし、汗《あせ》とか。ふあああああ」

「えらいえらい」

めちゃくちゃ照れてるし戸惑《とまど》っている。アーニャの目がぐるぐるだ。超かわいい。

このくらいでいいかな。あまりやりすぎてもイヤがられそうだし。

席に座り直した。アーニャの顔がぽっかぽかになっている。

「ふあああ、も、申し訳ございません。たいへん取り乱してしまいました。でも、私、嬉しくて。頭を撫でてくれる人が身近にいませんでしたから」

「そりゃよかった。お父さんの分までギルドを大事にしていこうぜ」

「は、はい。……実は私、夢があるんです。〈グラン・バハムート〉をいつかこの国で一番のギルドにするという夢が。その……、よければ、ヴィル様にもご協力頂けたらと」

「俺《おれ》？　できる範囲《はんい》でならいくらでも協力するぞ。うまい飯の礼をしたいとも思ってるし」

ま、筋肉痛が治ったらだけどな。

あと、実家に帰るまでな。ずっとこのギルドで頑張るつもりはまったくない。だって、俺の職業はひきこもりなんだから。頑張って働いていたらおかしいだろう。

◇

「ヴィル様、頂き物のチェリーがあるのですが、食後のデザートにいかがですか？」

「いいね。食べたい」

「ミュッ？」

「どうしたんですか、ミューちゃん？」

ミューちゃんはキッチンの向こう側、つまりは外を警戒しているようだ。家の外に何かの気配を感じたようだな。

さすがは魔獣《まじゅう》だな。野生でなくても気配の察知能力が高いんだろう。

「ミューちゃん、誰か来るのか？」

あ、裏口の鍵がかかっていない。これはやばいかもな。

ちなみに、裏口は俺たちのいるキッチンテーブルからすぐ目の前だ。俺が鍵を閉め——

さすがに間に合わないか。

バーンッ、と勢いよく裏口のドアが開け放たれた。

勢いが良すぎてドアが跳《は》ね返ってしまった。自然に閉まった。

いったい何をやっているんだ。あれが泥棒《どろぼう》だとしたらとんだ大間抜《おおまぬ》けだ。

もう一度、ドアを開け直した。

今度はゆっくりと。ちゃんと取っ手を握《にぎ》ってドアを丁寧に開けた。

「大変、大変、大変だよ！　緊急《きんきゅう》クエストレベル！」

年頃《としごろ》の女性だ。大きな乳房《ちぶさ》が元気よくたゆんと弾《はず》んだ。

ものすごい巨乳《きょにゅう》と大きなポニーテールが特徴的《とくちょうてき》な人だろうか。瞳はぱっちりしていて見るからに元気がたくさん詰《つ》まっている。あと、ショートパンツから伸びる太ももが俺にはとても眩しい。

思春期の女性の胸の谷間と太ももってひさしぶりに見た。あんなに輝《かがや》いて見えるものだっけ。視線がいやらしくなりそうだからアーニャを見た。ああ、安心できる小さいお胸だ。

平常心を取り戻《もど》せた。

「なあ、アーニャ。あの女性はお友達？」

「はい。ソフィア・バレットさんです。私のお友達ですし、ギルド会員様でもありますよ」

「ギルド会員？　意外だ」

もっと華《はな》やかで明るい仕事をしている女性に見えた。

そのソフィアさんがキッチンに元気よく入ってきた。大人しくて慎《つつし》みのあるアーニャとは違《ちが》うタイプだ。明るくて元気いっぱいなタイプ。瞳は本当にぱっちりしている。

つーか、おっぱいだ。おっぱいがぽよんぽよんしている。どんだけ弾むんだよ。俺の頭よりもはるかに大きいおっぱいだ。弾み過ぎてどうしても視線が釣《つ》られてしまう。胸の谷間を強調するトップスを着ているのもあざとい。

「すげーな……」

ついつい、おっぱいの感想を漏《も》らしてしまった。ソフィアさんにしっかり聞かれてしまった。

「ん～？　そこのきみー、いま、どこを見てすげーって言ったのかな？」

「女性の品格、かな？　ひさしく見ていなかった淑女《しゅくじょ》のすごみを感じたんだ」

適当に言っておいた。

「おっぱい、見てたでしょ？」

「ソーダネ」

否定しようと思ったのにミューちゃんに答えられてしまった。

「ほら、やっぱりー」

俺は無言でミューちゃんのほっぺをつねってやった。ミューちゃんも俺のほっぺをつねり返してきた。

「あら、仲良しなんだ。ミューちゃんとそんなに仲が良い男の人は初めて見たよ。きみ、すごいね。……あっ、わーお、チェリーがあるじゃない。アーニャちゃん、食べていいよね。いただきまーす」

食い意地はってんな。パクパク食べていく。俺が食べようと思ったのに。

ソフィアさんの食い意地はいつものことなのか、アーニャがニコニコして見ている。

「それで、ソフィアさん。こんな時間にうちに来るなんて。もしかして、何かあったんですか？」

「あ、そうだった。フォース通りのアラベスクさんに吸血症状《しょうじょう》が出たみたいなんだ。被《ひ》害《がい》が出ちゃったっていうんで私に連絡《れんらく》が来たんだよ」

吸血症状――。

つまり、吸血鬼《ヴァンパイア》。その人は魔族《まぞく》ってことだ。魔族は街にちらほらいるが、みんな普通《ふつう》に暮らしている人ばかりだ。問題を起こしたりなんてことはめったにない。だからこそこれは緊急クエストレベルなのかもな。ひどい事態になっていないといいが。

アーニャが立ち上がった。

「すぐに行きましょうっ」

「大丈夫か？　相手は魔族だぞ。姿は普通の人に見えても、魔力がかなり強いはずだ」

「アラベスクさんは元々は人間さんです。ヴァンパイアに噛《か》まれて魔族になってしまった可哀相《かわいそう》な方でして、月を見たときだけヴァンパイアに覚醒《かくせい》してしまうんです。私の浄化魔《じょうかま》法《ほう》が無いと止まらなくて。ほっといたら兵士様に処分されてしまうかもしれませんので」

「なるほど。それはなんとかしてあげないとだな」

「はいっ。アラベスクさんはうちのギルドでお救いします。〈グラン・バハムート〉、出動です！」

「おーっ！」

ソフィアさんと呼ばれた女性が元気に握りこぶしを掲《かか》げた。仕草が子供っぽいな。落ち着きだけならアーニャの方がずっと上だろう。

大きな瞳が不思議そうに俺を見つめてくる。

「で？　きみはいったい誰なのかな？」

その質問をこのタイミングでするのか。普通、チェリーを食べる前にしないか？

ギルド〈グラン・バハムート〉はミューちゃんを除けば二人だけしか会員がいない。一人はアーニャ。そしてもう一人は、アーニャのご近所さんでお友達のソフィア・バレットさんだ。

ちなみにソフィアさんは一八歳で俺よりも年上だそうだ。どうりで色っぽいわけだ。

そのソフィアさんの案内で俺たちは夜の街を走っている。

慌《あわ》てていたもんで俺は剣《けん》を持ってきていない。まあでも、なんとかなるだろう。だって俺は優秀《ゆうしゅう》だし。

筋肉痛がヤバいが、昼に比べたらマシだ。

さっき湯船にゆっくりつかったおかげだろう。このくらいの痛みならどうにか根性《こんじょう》で動ける。

角を何回か曲がって走っていく。だんだん魔力を感じ始めた。それに瘴気《しょうき》のようなものも微《かす》かに感じる。

「いたーっ。いたよっ。アラベスクさんっ！」

「なんということでしょうか。アラベスクさんが人を襲《おそ》っていますっ。首筋に噛み付いて血をっ。あ、でも吸われてる中年の男性は凄《すご》く気持ちが良さそうですっ」

「ヴァンパイアに血を吸われるのは凄い快楽って話だよ。でも、吸ってるアラベスクさんは凄くイヤそうだねっ」

本当は中年のおっさんじゃなくて、もっと若くてかっこいい男の血を吸いたかったたって顔に書いてある。

ちなみに、アラベスクさんは三〇歳くらいのお姉さんだ。不幸顔のちょっと美人。顔色は悪くて目は赤く光っている。ヴァンパイア化しているせいか犬歯と爪《つめ》は凄く伸びていた。

「とりあえずは吸血をやめさせようか。あんまり吸われるとあのおっさんまでヴァンパイアになってしまう。ここは俺がさくっと対応しよう」

「いえ、ここは私が対応させて頂きます」

「アーニャが？　大丈夫なのか？」

「はい。これでも私は〈グラン・バハムート〉のギルドマスターですから」

しかし、弱そうだが。

とととと、と小走りで前に出るアーニャ。手には家から持ってきたかわいらしいロッド。

ああいうのは魔法《まほう》の力を強めることができる。きっとアーニャはあのロッドを使って魔法で戦うんだろう。

ロッドの先端《せんたん》の宝石に魔力が溜まっていく。アーニャはなかなかに魔法の才能がありそうだ。

アーニャがロッドを天に掲げた。

「いきますよー。浄化魔法です。《セイントフレア》！」

聖なる白い炎《ほのお》がアラベスクさんを覆《おお》った。

あれは炎の形をしているが熱くはないやつだ。身体を蝕《むしば》んでいる呪《のろ》いや邪気《じゃき》を浄化するための魔法だ。

浄化魔法は心の清らかな人しか使えないもの。さすがはアーニャだ。ひきこもりの俺なんかに世話を焼いてくれるだけあって心はめちゃくちゃ清らかなようだ。

アラベスクさんが苦痛に表情を歪《ゆが》めた。

吸血をやめて、おっさんを突《つ》き飛ばす。

そして、もがくように手を振《ふ》り回して浄化魔法から逃《のが》れた。

まだ吸血衝動《しょうどう》は収まっていないようだ。よだれをたらして俺たちを睨みつけてくる。酷い形相だ。正気を失っているんだろう。本能で血を吸う化け物になってしまっている。

「美人が台無しだな。かわいそうに」

「きみ、戦えるんだよね？」

「はい。ソフィアさんは下がっていてください。俺《おれ》がアーニャの浄化をサポートしましょう」

「じゃあ今日はきみのお手並みを拝見かな」

ソフィアさんが指先に魔力を込《こ》めている。その指先は俺を向いていた。

「サポート魔法《ボディービルダー》」

うお、マジか。

俺のいた学園では教わらない魔法だ。独学か、あるいはギルドで働いているご縁《えん》で誰か優秀な魔法使いにでも教えてもらったのか。

その効果は、魔法名のとおりだった。

俺の筋肉がボディービルダーのごとく隆々《りゅうりゅう》とする。服がはちきれそうになる。ぽよんとしていた俺のお腹《なか》は六つに割れただろうな。

身体に重量感が出てくる。

よく考えたら酷《ひど》い筋肉痛のときに、こんなにも筋肉に負荷《ふか》のかかる魔法ってどうなんだ。ええい、今更遅《いまさらおそ》い。どうせ今日はこのあと寝《ね》て終わりだ。

みるみる俺がマッチョ化していく。

「うわー凄いなー。男の子が使うとやっぱりゴツくなるねー」

「勝手にやんないでくださいよ。俺、バフ系の魔法は何もなくても強いですから」

「ごめんごめん、でも確実に能力はアップしてるよ。それで頑張って」

ソフィアさんに悪びれた様子はない。どちらかというと楽しそうだ。いたずらっぽくコロコロ笑っている。

おっと。アラベスクさんが爪を立ててアーニャに突っ込んで来た。吸血衝動が高まると凶暴性《きょうぼうせい》が高くなって誰彼《だれかれ》構わず襲ってしまうんだろう。

「ひーっ。アラベスクさん、私です。見えてないんですかーっ」

大慌《おおあわ》てなアーニャだが、華麗《かれい》にひらりと攻撃《こうげき》をかわしてみせた。

けっこうセンスのある身のこなしだった。もしかしたら最低限の戦闘《せんとう》技術は前ギルドマスターだったアーニャパパから教わっているのかもしれない。

あんな華麗な動きができるのなら、アーニャは剣を持っても戦うことができるだろうな。

アラベスクさんが足に力を込めて方向転換《てんかん》。アーニャを再び襲いにかかる。

「はい、ちょっとビリッとしますよ」

俺が一瞬《いっしゅん》で間合いを詰めてアラベスクさんの脇《わき》に掌底《しょうてい》を叩《たた》き込んだ。

筋肉、邪魔だ。

加減がよく分からない。内臓は潰《つぶ》さなかったと思うけど、どうだろうか。

アラベスクさんは吹《ふ》っ飛んで民家の壁《かべ》に激突《げきとつ》した。

これで動きを制しただろうか。いや、ダメだった。アラベスクさんはゾンビみたいに立ち上がった。目を血走らせてよだれをたらしている。長い綺麗《きれい》な髪が魔力の奔流《ほんりゅう》により怪《あや》しく揺《ゆ》らめいた。

「うわわわわ、ヴィル様、強い魔法が来ますよ」

「大丈夫だ。問題ない」

「避《よ》けられるんですか？」

「俺は優秀だから避ける必要もない。それより、アラベスクさんがあの魔法を撃《う》ち終わった後に必ず大きな隙《すき》ができる。そこにアーニャの浄化魔法を頼《たの》む」

アーニャが了承《りょうしょう》したと同時にアラベスクさんの魔法が発動した。

「血魔法《デスブラッド》！」

アラベスクさんが大きく開けた口の中から邪悪《じゃあく》な血の魔法が飛んできた。

滝《たき》のような血だ。

当たれば皮膚《ひふ》がただれるどころか骨ごと溶《と》けるかもしれない。それが水平に猛烈《もうれつ》な勢いで俺に向かってくる。

血には魔力がたくさん詰まっている。だからヴァンパイアの使うような魔法はどれも強力だ。当たれば一般人《いっぱんじん》は重傷ものだろう。

俺が避けたらアーニャに当たってしまうだろうな。

ま、避ける必要もないけどな。

俺は拳《こぶし》に魔力を集めて強化。そして、思い切り血魔法を殴《なぐ》りつけた。それであっさり血魔法を消し飛ばした。

「ふっふっふ。どうだアーニャ、今の見たか。俺は優秀だろう？」

「す、凄いです。あの危険極《きわ》まりない魔法を殴って相殺《そうさい》してしまうだなんて。素直《すなお》に尊敬してしまいますっ。でも、手は大丈夫なんですか？」

「もちろんだ。傷ひとつないよ」

いいね、いいね、かわいい女の子からの尊敬の眼差《まなざ》し。

俺が蔑《さげす》まれないどころか褒《ほ》めてもらえる日が来るなんてな。本当に誇《ほこ》らしいぜ。

学校でも家でも俺は蔑まれ続けてきた。まさかこんな日が待っているとはね。夢にも思わなかった。

「さあ、アーニャ、アラベスクさんを救ってあげてくれ！」

「はい。浄化魔法《セイントフレア》です！」

「ぎゃあああああああああああああ！」

いっちょまえに悪役っぽい断末魔《だんまつま》の叫《さけ》びをあげて、アラベスクさんは地面に仰向《あおむ》けに倒《たお》れた。長い髪《かみ》が大きく広がる。

近づいて顔を確認《かくにん》してみれば、やっぱり大人しそうな綺麗な女性だった。

かわいそうに。ヴァンパイアにならなければ普通の人生が、いや、綺麗なんだし人よりも良い人生があっただろうな。

「ヴィル様、アラベスクさんをおうちに運んであげたいのですが、お手伝い頂けますか？」

「ああ、もちろん。――あ、いやでも、ちょっとだけ待ってくれ」

俺はアラベスクさんの心臓の近くに手を当てた。

「ヴィル様、何を？」

いやらしいことをしたいわけじゃない。

手に魔力を込める。大小様々な魔《ま》法陣《ほうじん》が俺の手の周りに光《ひか》り輝いて出現した。

「《セイントフレア》じゃあ吸血衝動を一時的に消すのが精一杯《せいいっぱい》だよな。だから、俺が元の人間に戻してやるよ」

少し、集中する。

「解呪魔法《ディスカース》」

手から強い魔力の奔流が巻き起こった。

それは俺の前髪《まえがみ》を吹き上げただけではなく、アーニャの髪やスカートまで浮《う》かび上がらせた。

アーニャは慌ててスカートを押さえたけど、俺にはバッチリ見えていた。

アーニャが顔を赤くして口をぎゅっと結び、目は恥《は》ずかしそうに瞬《まばた》きをしていた。

「見ま……した……？」

「いや、何も？」

「赤でした？」

「違う、黄色で白い水玉だった。ハッ――」

罠《わな》だ。なぜひっかける。いや、ひっかかる俺も俺だけど。

まあ、かわいかったからなんでもいいか。

「ヴィル様はエッチな人です。恥ずかしいですけど、でもいいです。ヴィル様はいずれ私のお婿様《むこさま》になる人ですから」

「ははは……、ひきこもりは結婚《けっこん》できないんだぞ？」

「いえ、ひきこもり様ではなく、今はもう優秀なギルド会員様ですよ？」

たしかに〈グラン・バハムート〉に登録してるからそうかもしれない。でも、心はひきこもりだ。本業はひきこもり、副業でギルド会員かな。

アーニャはまだまだ顔が真っ赤だ。

でもニコニコしてるから怒《おこ》ってはいなそうだ。ひたすら恥ずかしいんだろう。

もう大丈夫かな。

アラベスクさんを俺が担《かつ》いだ。

本人が気を失ってるから《ディスカース》の効果は確かめられないな。まあいい、そのうち分かるだろう。

アラベスクさんを家までしっかりと運んであげた。


帰り道、ソフィアさんに不審《ふしん》な顔をされた。アーニャに聞こえない小声で俺に質問をしてくる。

「さっきの魔法……。あれって伝説級の魔法だよね。きみ、いったい何者なのかな?」

「しがないひきこもりですよ」

「うわ、かっこわる」

正直な感想ありがとうございます。

ですよねー。アーニャが優しすぎるんだ。普通はソフィアさんの反応で合っている。

ちなみに、《ディスカース》は魔王《まおう》の極限魔法の一つだ。現代で使えるのは世界で俺だけだな。

◇

「いいかげんに起きんか、このニートやろうがああああああああ！」

俺がしがみついていた布団《ふとん》を無理やりひっぺがされた。

「うっぎゃあああああああああああああ。筋肉痛に響《ひび》くうううううううううううう！」

ひ――――ひ――――。最悪の寝《ね》覚めだ。

身体はまだガッチガチのバッキバッキ。首から足の指先まで全部が筋肉痛だ。

昨日、夜に戦闘をしたのがいけなかった。ううう……、今日もひどい一日になりそうだぜ。

「つーか、俺を長時間の眠《ねむ》りから覚ましたのはてめーかよ。覚悟《かくご》はできてるんだろうな」

ソーダネミューのミューちゃんだ。魔獣に起こされる日が来ようとは思わなかったぜ。

「もう昼だぞ。このニートやろう。働けミュー！」

「その語尾《ごび》のミュー、鬱陶《うっとう》しいんだよ」

「種族差別だミュ――――」

バチバチと朝っぱらから火花を散らす。俺もミューちゃんも鬼《おに》の形相で互《たが》いを倒さんと睨みつける。

今日こそは因縁《いんねん》に決着をつけようか。

パタパタとアーニャが部屋に入ってきた。

「ミューちゃーん、ヴィル様は起きましたかー?」

パッと二人とも笑顔《えがお》を作って肩《かた》を組んだ。

「おお、おはよう、アーニャ。良い朝だな!」

「ソーダネ!」

「くすくす、お二人共仲良しさんですね。お昼ごはんがもうすぐできますから、お顔を洗ってきてくださいね」

「え、昼?」

「はい。もうお昼です。一二時半です」

マジか。まだ九時ぐらいだと思っていた。そりゃ起きないとな。ははは……。

「このニートやろうめ」

マジでそれだわ。身体が疲《つか》れてるからって寝すぎたかもしれないな。

昼飯はアーニャ特性のサンドイッチだった。

食感の柔らかなパンに、大きなハンバーグと野菜がぎゅうぎゅうに挟《はさ》み込まれている。ぶっちゃけめっちゃ美味しい。肉の旨味《うまみ》が最高に引き立っている。しかも、サンドイッチだから食べやすいっていうね。毎日これでも良いくらいだ。

付け合わせのトマトのスープまで美味しいぞ。筋肉痛の身体の節々にまで優しい味が染み渡《わた》ってくれる感じがする。

食べ終わった後は、俺はソファに深々と座《すわ》って新聞を読ませてもらった。

ほお、今年の春の祭りの時期がだんだん近づいてきたか。平和なトップニュースだな。

あとは、新人公務員の着任式がお城で盛大《せいだい》に行われたと。そういえば、俺の同級生だったみんなは就職の年だな。

……俺は引きこもりか。みんなは就職。

差が……。差が……。

あいつらは俺なんて忘却《ぼうきゃく》の彼方《かなた》だろうな。順風満帆《じゅんぷうまんぱん》に働いて、結婚して、子供に恵《めぐ》まれ、幸せな老後があるんだろう。

俺は……、俺は……、何歳《なんさい》までひきこもっているんだろうか。いや、実家は追い出されたから、もしかしたら俺はもうひきこもりではないのかもしれない。

だからといっても、せいぜいニートやろうってところだけど。

つらいなぁ。同級生に会っても無視しよう。差がついてるのを目の当《ま》たりにしたくない。

つーか、学園で俺に差別的な目を向けて酷い扱《あつか》いをしてきたあいつらが、なんで俺より幸せになるんだよ。むかつくー。世の中ぜったいに間違《まちが》ってる。

あーあ、面白《おもしろ》くないなぁ。

「ヴィル様、コーヒーをおいれしました」

「ありがとう。アーニャ――――」

俺の味方はアーニャだけだよ。俺、一生アーニャに甘やかされて生きていきたいかも。

「ど、どうされたのですか？　コーヒー一杯《いっぱい》に大きな感謝を感じたのですが」

「うん、すげー感謝してるぞ。ありがとな」

「コーヒーお好きなんですね。またおいれ致《いた》しますね」

アーニャは良い子だ。俺にはもったいないくらいに良い子だ。アーニャに学べよ、俺の腐《くさ》れ同級生《どうきゅうせい》共め。

「あ、私、そろそろクエストに行ってまいります。申し訳ございませんが、またお店番をよろしくお願い致しますね」

かわいいエプロンを外す。

「クエストなんかあったか？」

「実は今朝、一つだけクエストが入ったんです。薬草採取なので、ちゃちゃっと行ってまいります」

「おう、頑張れー」

俺はお留守番。身体を静養させることにした。

暇《ひま》なのでアーニャが何年か前に読んでいたという少女向け小説を読ませてもらった。むずがゆいところがいっぱいあるが、これはこれでけっこう面白い。

アーニャの綺麗な心はこういう作品で醸成《じょうせい》されたんだな。俺にもいつか娘《むすめ》ができたらこういう作品を読ませようって思った。

穏《おだ》やかな一日だった。

窓からの風は心地《ここち》いいし、街の外は静かだし、アーニャのいれてくれたコーヒーは美味しいし。おかわりを多めに残しておいてくれたので、時間をかけてじっくり何杯も飲ませてもらった。

一度、ソフィアさんがギルドに顔を出した。

掲示板《けいじばん》を見て何も無かったので、挨拶《あいさつ》だけしてすぐに帰ってしまった。なんか副業をやってるらしい。クエストだけだと食べていけないからと。俺と違ってがんばり屋さんだな。

夕方になったらアーニャは大きな紙袋《かみぶくろ》を抱《かか》えて帰ってきた。

またご近所さんにお野菜をたくさん頂いたとか。めちゃくちゃかわいがられてるな。アーニャは良い子だしかわいいもんな。ご近所さんの気持ちがよく分かるぜ。俺だってアーニャが近所にいたらなんかあげたくなる。

「ただいま戻りました。すぐにお夕飯の支度《したく》をしますねっ」

笑顔で言ってくれるのがまた嬉しい。

そして、アーニャが料理する様子を眺《なが》めているのが俺は好きだ。お金をとれる愛らしさだと思う。ずっと見ていたい。

ミューちゃんがお風呂《ふろ》を沸《わ》かしてくれたので、先に入ることになった。

身体を洗ってしばらくしたら、お風呂の手前に気配を感じた。

またミューちゃんが俺の様子を見に来たのだろうか。いくらひきこもりの俺でも風呂ぐらいはちゃんと入れるっつーの。どうせまた茶化《ちゃか》しに来たんだろう。

「し、失礼致します……」

おそるおそる入ってきたのは、なんとアーニャだった。

「は……？」

我ながらひどい間抜け面を晒《さら》したと思う。

でも目の前の光景が信じられなかったんだ。

だって、アーニャは白い薄手《うすで》のバスタオル一枚を身に纏《まと》って、恥ずかしそうにお風呂に入ってきたんだから。

「も、申し訳ございません。はしたないことだとは思ったのですが、どうしてもヴィル様のお背中を流してみたく」

もう洗っちゃった……。もったいな……、いや、もう一回洗えばいいだけだ。

「そ、そそそ、そうか」

めっちゃ噛んだ。俺の方が緊張《きんちょう》しているっぽい。

だって、アーニャが天使にしか見えないから。お肌《はだ》が輝いて見える。本当に天使だろ、この子は。

「よよよ、よろしく頼む」

アーニャは母性あふれる瞳《ひとみ》をくれた。

「か、かしこまりました。し、失礼致しますね」

俺が背中を向けると、アーニャはお湯を優しくかけてくれた。それからかわいらしい手の平で石鹸《せっけん》を泡立《あわだ》てて、俺の背中をたおやかな手付きで撫でてくれる。

ああ……っ。ああ……っ。ああ……っ。いいっ。手付きが優し過ぎて気持ちがいい。なんだこれ。最高かよ。

「うふふ、たくましいお背中でございますね」

「昔けっこう鍛《きた》えてたからな」

今は鍛えてないけどな。

「お貴族様のお家だと、毎日こうしてうら若き乙女《おとめ》がお風呂に来て身体を洗ってもらっているんですよね」

「あー、趣味《しゅみ》の悪い一部の貴族はそうかもな」

「あれ？　では、ヴィル様は」

「初体験だぞ？」

「はうぅぅ。うちのご近所様は嘘《うそ》つきです」

もしかして、間違った知識をもらってしまって自爆《じばく》したんだろうか。ご近所さんナイスだぜ。おかげで良い思いができた。

「アーニャの手、気持ちがいいぞ。ずっとしてて欲《ほ》しいくらいだ」

「さ、左様でございますか。私も、ヴィル様のお背中を触るのがとても心地いいです」

さすさす、さすさす。丁寧《ていねい》にこれでもかと俺の背中や二《に》の腕《うで》あたりを撫でてくれる。

これが幸せってやつだろうか。

とにかく気持ちいい。最高だ。

俺のひきこもり人生にこんな幸福が待っていようとは。くうう、今までの苦労がアーニャの手に癒《い》やされて泡と一緒《いっしょ》に洗われていく気分だぜ。

「ヴィル様、昨日はありがとうございました」

「昨日？」

「アラベスクさんが感謝のお手紙とたくさんの謝礼金を届けてくれました。ヴァンパイアから普通の人間に戻れたと涙《なみだ》を流されて喜んでいましたよ」

「そりゃ良かった」

さすがは魔王の極限魔法だ。効果は抜群《ばつぐん》だったようだ。

アーニャが優しく背中にお湯をかけてくれる。

ああ……、もう終わってしまったのか。でも、じゅうぶん気持ち良かった。すごく幸せを感じた。

振り返ってみる。照れながらも幸福そうにほほえむアーニャがそこにいた。

「ありがとう。最高だったよ。俺もアーニャの背中を流そうか？」

「い、いえ、その……。お手を煩《わずら》わせるわけには」

「お安い御用《ごよう》だぞ？」

アーニャが乳房のあたりに手を当てた。悲しそうにため息をつく。

「まだ、女として成長が足りませんので。ヴィル様にご満足頂ける身体になりましたら、ぜひお願い致します」

「おっぱい？　膨《ふく》らんでないか？」

「うふふ、期待させてしまい申し訳ございません。私はまだまだでございますよ。こんな貧相《ひんそう》なおっぱいではなく、ソフィアさんくらい色っぽいおっぱいに早くなりたいです」

背中を流すのにおっぱいは関係ないが、アーニャの女としてのプライドがあるんだろう。あんまり食い下がってもアーニャの気分を害するだけ。

「そっか。じゃあ、その日が来たら背中の流しっこをしよう」

「はいっ。その際は、私にヴィル様の身体の全てと髪を洗わせてくださいませ」

「ああ、楽しみにしてるよ」

ん？　身体の全て？

つまり、俺の大事なあれすらも洗ってくれるのか。こんな心の綺麗なかわいらしい子が。や、やば……。強く興奮してきてしまった。

「それでは、お料理の続きに戻りますね。ミューちゃんだけでは心配ですし」

「おお、いつも料理をさせてしまってすまないな。俺も手伝うか？」

「いえ、料理は好きですので。お気遣《きづか》いなく。ヴィル様はごゆっくりおくつろぎくださいませ」

アーニャがお風呂から出ていった。

でもすぐに顔だけ出した。俺に質問があるようだ。

「あの、ソフィアさんのスタイルって、ヴィル様的にどうですか？　あのくらいのおっぱいがあった方がいいですか？」

思い出す。たしかにとんでもない大きさだった。あの大きなおっぱいなら何十年揉《も》み続けても飽《あ》きないだろう。

「まあ、そりゃあ、大きいにこしたことはないけど」

「では、牛乳をいっぱい飲みますね」

「背も伸《の》びた方が好みかな。アーニャはまだちっちゃいし」

「ど、どちらにしろ牛乳をいっぱい飲みますね」

「おう、飲み過ぎには気をつけてな」

あんまり飲むとお腹を壊《こわ》すぞー。

アーニャがパタパタとキッチンに戻っていった。

俺はアーニャの手の感触《かんしょく》を思い出しながら、ゆっくりと湯船につかった。幸せな時間だった。アーニャが色っぽくすらっとした女性に成長する日が楽しみだな。

第3章★★★ひきこもりは他人を餌にして楽をする

「いいかげんに自分で起きんか、このニートやろううううううううううう」

「うああああああああああああああ。筋肉痛がああああああああああああああ」

くっそー。またミューちゃんに起こされた。

つーか、筋肉痛がまだ残っててしんどい。

やれやれだぜ。身体を動かすたびに激痛が走るよ。

「いま何時だよ。ったく、荒々《あらあら》しい起こし方をしやがって」

これで一〇時とかだったら今日こそしばき倒してやるぜ。実際は一一時くらいか？　昨日よりは寝てないよな。

「もうお昼の一時半だぞミュー」

「え、マジで。すまん、このたびは本当に申し訳ございませんでした。全力で今すぐに起きさせて頂きます」

「うむ。分かればよろしいミュー」

くっそー。まさか俺の人生で魔獣《まじゅう》に謝罪する日が来ようとは。昼過ぎまで熟睡《じゅくすい》とか誰《だれ》が想像つくよ。昨日は一〇時半に寝たのにさ。一五時間睡眠《すいみん》って……。

アーニャの家のベッドが寝やすいのがいけないんだ。

俺は自分の部屋のベッドでないと落ち着いて寝られないと思っていた。なのに、ここのベッドは俺の想像を超《こ》えた安眠《あんみん》を提供してくれる。これでアーニャが添《そ》い寝をしてくれたら最高なんだけどな。さすがにそれは贅沢《ぜいたく》過ぎるか。

階段を下りていくと美味《おい》しそうな香りがした。時間からしてもうお昼ごはんができているんだろう。

顔を洗ってリビングに行く。アーニャがポニーテールにしていた。ロッドを持っているからクエストに行くんだろう。

「あ、おはようございますっ。お昼ごはんはキッチンにありますから、あんまり冷めないうちに食べてくださいね」

「ああ、ありがとう。クエストか？」

「はい。ちょっと遠いのでミューちゃんと一緒に行ってまいります。もしも、ヴィル様が外に出るときはそこにある札を扉《とびら》にかけておいてください」

見てみれば「申し訳ございません、クエスト中です。またのお越《こ》しをお待ちしております」と書かれたかわいらしい札があった。

「人数が少ないと大変だな。クエストは他にはあるか？　まだ筋肉痛だが、昨日に比べたらマシだし、そろそろちょっとくらいは仕事ができると思うぞ」

「いえ、残念ながら一件だけでして……」

「そっか……、まあ無理せず頑張《がんば》れ。次は俺がやるよ」

アーニャがミューちゃんを伴《ともな》ってクエストに行った。

店番か……。

ミューちゃんすらいなくなるのは少し寂《さび》しい……。いや、やっぱりあいつはいなくていいや。うるさいだけだし。

よーし、今日もだらだら過ごすか。

アーニャが作っておいてくれた昼ごはんはオムライスだった。ちょっと冷めていたけど、すげー美味しかった。

◇

アーニャとミューちゃんがクエストに出て一時間くらい経《た》ったろうか。

昼飯を食べ終えた俺は、アーニャの部屋に入らせてもらった。ぬいぐるみが多くてかわいらしい部屋だ。そこにおしゃれな本棚《ほんだな》があって少女向けの本がいっぱいある。

今日はどれを読ませてもらおうか。

冒険《ぼうけん》もの、恋愛《れんあい》もの、ほのぼの動物もの、よりどりみどりだ。

ふと、一冊の絵本が目についた。色褪《いろあ》せてはいるけれども大事にしているのが伝わってきた。タイトルは「優《やさ》しい少女と偉大《いだい》なる竜《りゅう》の王」だ。このギルドの名前にもなっているバハムートが出てくる物語だな。

アーニャはバハムートに憧《あこが》れがあると言う。

俺はいつか会わせてあげたいと思っている。筋肉痛が落ち着いて時間が取れたときにでも。何かしら機会はあるだろうと思うから。

まあ今日はだらだら過ごすけどな。

たくさんある本の中から、お姫様《ひめさま》が冒険する物語を選んで俺は一階へと下りた。

ソファに寝っ転《ころ》がって少女小説を読みふける。タイトルは冒険ものだったのに、読んでみたら泣ける話で俺は不覚にも感動してしまった。

しかしなあ、俺は思うんだ。

何年間も部屋にひきこもり状態だったお姫様がいきなり外に出てもさ、体力不足と筋肉痛で元気に動き回れないよな。

だって、たった一年しかひきこもってない俺が筋肉痛で死にそうなんだぞ。元々鍛えてすらいないお姫様なんてもっとやばい状態になるだろう。

もっとリハビリしながらゆっくり冒険をするべきだと思うんだ。

って、俺はフィクションになんでマジツッコミしてるんだ。

あー、つまんね。誰か来ないかなー。

ここのところずっと騒々《そうぞう》しかったから、静か過ぎると変に退屈《たいくつ》に感じる。街にでも散歩に出ようかな。お金は無いけど。

でも陽の光を浴びると疲れるんだよなぁ。街の人混みも面倒《めんどう》くさいよなぁ。どうすっかなぁ。

ギルドの入り口の扉が開いた気配がした。誰か来たようだ。

珍《めずら》しい。こんな小さなギルドにお客様か。そうとう切羽《せっぱ》詰《つ》まってるんだろうか。普通《ふつう》は大手を頼《たよ》るだろう。

いちおうお客様からの依頼《いらい》の受け方は聞いている。簡単だから俺でも応対できるだろう。

「こんにちはー。どなたかいらっしゃいませんかー」

「はーい、今いきまーす」

愛想《あいそ》よくしないとな。俺のせいで〈グラン・バハムート〉の評判が落ちたらイヤだし。

リビングから店に出る。

ずいぶん姿勢の良い女性がカウンターの前に立っていた。

城に勤めている公務員だろう。濃紺《のうこん》の制服がよく似合った人だった。

「大変お待たせしました。ご用件をお伺《うかが》い致します」

奥《おく》の棚《たな》にあるクエストの管理簿《かんりぼ》を取り出す。簡単な料金表はお客様に見えないようにして。あとはペンとインクは、大丈夫《だいじょうぶ》、すぐ傍《そば》にある。

「あれ？　もしかして、ヴィルヘルム君ですか？」

なぜ、名前を呼ばれた？

「そうですよね。ヴィルヘルム・ワンダースカイ君。なんでここにいるんですか？」

「なぜ、俺の名前を？」

青い髪の上品な佇《たたず》まいの女性だ。たぶん、貴族。

年齢《ねんれい》は俺と同じくらいだろうか。若いが、大人びたクールビューティー。

でも年の近い知り合いに公務員はいないはずだぞ。誰だろうか。

「私はリリアーナです。リリアーナ・シューティングスター。もう忘れてしまったのですか？」

「リリアーナ？　あ──」

思い……出した……。

この女性は、俺の学友だった人だ。俺とは同学年だった。

俺がひきこもりになってからはもちろん会っていないから、一年ぶりということになる。

たった一年見ていないだけで、とても美しくなったんじゃないだろうか。これだけ綺麗になれば嫁《よめ》に欲しい家はたくさんあるだろう。

「思い出して頂けたみたいですね。ひさしぶりです、ヴィルヘルム君。お元気でしたか？」

「いや、すこぶる筋肉痛だ。リリアーナは公務員になったんだな」

はっ──。

うあああああ、俺はひきこもり。同級生の女の子は立派な公務員になって将来安泰《あんたい》。

公務員ってこの国ではエリートしかなれない憧れの職業だ。元々は俺の方がエリートだったのに、エリートだったのにー。

いつの間にか立場が逆転されていたうえ、人生に大きな差がついていたことで俺は自信をどんどん喪失《そうしつ》していった。

「うふふ、必死に勉強していたら公務員になれていました」

眩《まぶ》しい。リリアーナが眩しいっ。

「ヴィルヘルム君はギルドに就職されたのですか？」

ぎゃあああああ。聞くなあああああああ。心が抉《えぐ》られるうううううう。

「い、いや、ちょっとしばらく、お手伝いをすることになって……」

「そうなんですか？　とてもいいことですね」

だめだ。被害妄想《ひがいもうそう》が爆発《ばくはつ》する。馬鹿にされている気持ちになってしまう。

向こうは人生大成功組、俺《おれ》は大失敗組。会話がつらいー。いやそれどころか、リリアーナを視界に入れるのがつらい。眩し過ぎる。

「では、再会を祝して、ということで」

リリアーナが俺に手を差し伸べた。

や、やめろ。俺なんかと握手《あくしゅ》をしたらひきこもりが移ってしまうぞ。

しかし、払《はら》いのけるわけにもいかない。

軽く手を伸ばして、軽く握《にぎ》った。大人のお姉さんの優しい手だった。いつのまにか綺麗になりやがって。くそー。

「再びあなたとお会いできて、とても嬉《うれ》しいです」

俺は嬉しくねーよ。心が悲鳴をあげてるよ。

「心配していたんですよ。おうちで部屋から出てこられなくなってしまったって聞いていましたから」

「あー、それな」

「ぜんぜんそんなことはなかったんですね？」

「いや、俺は部屋に封印魔法《ふういんまほう》をかけてひきこもってたんだけどな。父上にドアごと家宝の剣《けん》で封印を真っ二つにされたんだよ。それで部屋から強引《ごういん》に引っ張りだされた」

あ、すげー困った顔になっている。

俺が完全復活して前向きに再出発しているとでも思ったのだろう。はっはっは、そんなわけあるか。俺は隙《すき》あらばひきこもりに戻《もど》る気まんまんだ。俺の楽園は俺の部屋にしかないんだよ。

「ヴィルヘルム君、私がお仕事を探してあげましょうか？」

「同情せんでええわ」

「そうですか、ではその代わりに筋肉をちょっと触《さわ》らせてもらえますか？」

「は？」

返事をする前にたおやかに手を伸ばして胸板《むないた》を触られてしまった。キリッとしていたリアーナの表情がデレーッとしただらしないものに変わった。

ああそうか、思い出した。こいつは筋肉フェチだった。学園時代にもよくこういうことをされていた気がする。

「ああ……できれば生で筋肉を見てもいいですか？　実は私、学生の頃《ころ》からヴィルヘルム君の筋肉に芸術性を感じていまして。ずっと気持ちを隠《かく》していたのですが、好きなんです。筋肉」

「いや、その気持ち全然隠れてなかったぞ。当時から知ってた」

「では、遠慮《えんりよ》無く」

リリアーナの欲望丸出しの手が迫《せま》ってきた。

「ストップ、ストーップ」

「えー」

不満顔も不満顔だ。

「正気に戻れ。リリアーナはここに何をしに来たんだったか？」

「それはもちろん筋肉を触りに……ぐへへ……、あれ？　何か違《ちが》うような。えーと……、あ、お仕事で来たんでした」

「ようやく思い出したか。……で、なんなんだよ。〈グラン・バハムート〉に依頼でも持ってきたのか？」

考え方によっては、初めての客が知り合いなのはやりやすくていい。

しかし、こいつは公務員になれたんならかなり優秀《ゆうしゅう》だろう。ちょっとやそっとのことはギルドを頼らずに自分でできるはずなんだが。

「いえ、ご挨拶に来ただけですよ。私、査察担当になったんですよ」

「査察担当？　なんのだ？」

「もちろんギルドのです。ギルドマスターの方はいらっしゃいますか？　ぜひご挨拶をしたいのですけど」

「残念だが、いまクエスト中だ」

「はい？　ギルドマスターは一二歳《さい》の女の子って聞いたのですが。いまどちらに？」

「だから、クエストで街の外だ」

「はい？　……それでヴィルヘルム君は？」

「店番」

リリアーナの顔にそれはちゃうやろって書いてある。

俺も自分で口にしてみたら、ちゃうやろってすげー思った。

「ヴィルヘルム君には人の血が通っていないのですか？」

憐《あわ》れみの視線である。

「しっかり通っているよ。ひどいな。こう見えて絶賛全身が筋肉痛なんだよ」

「つまり、いたいけな少女を馬車馬のように働かせて、ヴィルヘルム君は家で横柄《おうへい》に振《ふ》る舞《ま》う。疲れ果てて帰ってきた少女に、てめーこんな程度しか稼《かせ》げなかったのかよと文句をたれる。それでも健気《けなげ》な少女は明日も頑張りますねと、疲れ切った笑顔を見せるというところでしょうか」

「ぜんぜんちげーな……」

「ああ、なんと不憫《ふびん》なギルドマスターなんでしょう」

「聞けよ。妄想力がひでぇ。ツッコミどころしかなかったぞ」

まったくもう。そんなことあるかよ。

アーニャにだけ働かせて俺はだらけているのは否定できないけど。

ま、そのうち俺も働くさ。飯の礼をしないとだし。

「話を戻そう。ギルドの査察担当ってどんなことをするんだ？」

「ギルドが健全に活動しているか、何か問題を抱えていないか、あるいはここのところのクエストの傾向《けいこう》を聞いて街の課題をチェックする。といったところですね」

「楽そうな仕事だな」

「ひきこもりに比べたら忙《いそが》しいですよ？」

うっ。いま心臓に冷たい矢が刺《さ》さった気がする。俺をディスるのはやめてくれ。しかもエリートコースに入った同級生の女の子にディスられるとか、そんなの俺が惨《みじ》め過ぎるじゃないか。

「まあとにかく、俺はここに来たばかりで何も分からん。依頼が無いなら出直してくれ」

「そうさせてもらいますね。ヴィルヘルム君、ギルドマスターに一つだけお言伝《ことづて》をお願いできますか？　一つだけなら覚えられますよね？」

「当たり前だ。脳は腐ってないよ」

心とか性根《しょうね》は腐ったけどな。

「良かったです。では、期限はこれ以上は延ばせません。と、これだけお伝えください。覚えられました？　復唱してみてください」

「期限はこれ以上は延ばせません。って、バカにし過ぎだ。ったくもう。何の期限だ？」

「私の口からはちょっと。じゃあ、お願いしますね。会えて嬉しかったですよ。ヴィルヘルム君。いえ、魔眼《まがん》の勇者さん。あら？　今は再来の魔王さん？」

「どっちも勝手に付けられた俺の二つ名だな。俺はどっちも気に入ってはいないぞ？」

「そうでしたね。とても懐《なつ》かしいです」

学生時代に勝手に付けられた二つ名だ。本当に気に入ってはいない。

特に再来の魔王《まおう》の方は、俺が魔王になるんじゃないかって疑いをかけられてから付けられた二つ名だ。聞くだけでイヤな思い出ばかりが蘇《よみがえ》るよ。

周囲は喜んで再来の魔王とか呼んでいたが、俺は一回も許可をした記憶《きおく》はない。

天才で優秀なヴィルヘルム君とか呼んで欲しいもんだぜ。まったくもう。

唐突《とうとつ》に、ギルドのドアが元気よく開けられた。

「おっはよーっ。ってもうお昼か。こんにちはーっ」

誰かと思えばソフィアさんだ。今日もおっぱいが大きい。挨拶がてらぽよんと弾《はず》んだ。

「あれ？　もしかしてアーニャちゃんがいない？　ヴィル君、こちらはお客さん？」

「いえ、ギルドの査察担当らしいですよ」

リリアーナがはじめましてと丁寧に挨拶をした。

ソフィアさんがとても申し訳なさそうにする。

「す、すみません。ずっと待っててもらって」

「それはいいんですけど、もう限界なんです。前の査察官が方々にお願いして、どうにかここまで延ばしてもらっている状況《じょうきょう》でして」

「本当にすみません。近日中にどうにかしますから」

よろしくお願いしますね、と神妙《しんみょう》な顔で返すリリアーナ。

何か俺の知らない事情があるようだな。

リリアーナは俺に「今度、飲みに行きましょうね」といらない社交辞令を言ってから、ギルドをあとにした。

ソフィアさんがクエスト掲示板を確認《かくにん》する。

「あちゃー、何も無いかー」

掲示板に何も依頼が貼《は》られていないわけではない。でも、季節限定のものだったりして今はできなかったりする。

少なくとも今すぐにできるクエストは無い。

「困ったなぁ。もうだいぶ待ってもらってるし」

「ソフィアさん。さっきの話を聞いてもいいですか？　リリアーナに待ってもらってるっていうのは？　もしかして、国からクエストでも発行されていたんですか？」

おそらく、国から依頼を受けてアーニャとソフィアさんで対応に当たっていたが、それの達成が困難で滞《とどこお》っていた。俺はそう、あたりをつけてみた。

「違うよ」

いつも元気で明るいソフィアさんが、とんでもなく暗い顔を見せた。

俺の想像よりももっとやばい話のようだ。心が自然と身構えてしまう。

「ギルドってね、どこもそうなんだけど、自由に会員を募《つの》っていいのと、武器を持って戦っていいのを国から許可されている代わりに、運営管理費ってことで毎年一定額を国に納めないといけないの」

「運営管理費――。それって普通の話ですよね。ギルドに限らず、この国で店を作って商売をしようと思ったら絶対に国にお金を払わないといけません。それはしょうがないですよ。それの支払《しはら》いが滞っているんですか？」

「そうだね」

「なら、ちゃちゃっと働いて払っちゃいましょうよ。いくら足りないんです？」

優秀な俺なら一日で稼げるんじゃないか？　知らんけど。

「国に払わないといけないのは年間一〇〇万ゴールドで、滞っている支払いは九五万ゴールドだよ」

ぜんぜん払えてないじゃん。

つーか、高っ。ギルドの運営管理費ってそんなにするのか。

「九五万って……。ちゃちゃっとは、難しそうですね」

このギルドのクエストは達成しても五〇〇ゴールドとか、高くても一〇〇〇ゴールドにしかならなかった。

大きな仕事がたくさん来ないと一〇〇万なんて高額なお金は貯《た》まらないだろう。アーニャの生活費だって必要だし。

生活費を差し引いて一〇〇万ゴールドなんて、そう簡単に稼げるものじゃない。

そういえば、父上は〈グラン・バハムート〉を潰《つぶ》すなと言っていたっけ。あれはこういうことだったのか。

これ、俺はのんびりひきこもっている場合じゃなさそうだな。筋肉痛とか情けないことも言ってられない。

アーニャは言っていた。この〈グラン・バハムート〉を国で一番にするのが夢なんだと。

その夢がもうすぐ潰《つい》えようとしているじゃないか。

あんな良い子の夢が潰える瞬間《しゅんかん》なんて見たくない。

もしかしたら国への支払いが滞ったのを理由にされて、立ち退《の》きなんてこともあるかもしれないな。そうなれば、アーニャとお父さんの思い出まで消えてしまう。

イヤだな……。

俺はそれはイヤだ。だってアーニャは良い子だ。辛《つら》い顔をしているところを見たくない。

飯の礼もあるし、泊《と》まらせてくれている礼もある。

世話を焼いてもらったら、恩を返すのが礼儀《れいぎ》ってもんだろう。

ひきこもりの俺が言うのもなんだが、俺はできるかぎりスジは通して生きていきたい。

「ソフィアさん、リリアーナに待ってもらえる最終期限っていつか知ってますか？」

「二週間後。そこが本当に最後の期限だよ」

思ったよりはあるな。何かできそうだ。

「ソフィアさん的には、現状の打開策って何か考えてます？」

「あるにはあるんだけど」

本当は言いたくないようだ。苦笑いしながら、ソフィアさんは困った表情になっていた。

◇

ソフィアさんに連れられて街を歩いた。

ひきこもりの俺が妙齢《みょうれい》の巨乳《きょにゅう》な女性と街を歩くって不思議な気持ちだ。ソフィアさんが優しい人でないとこうはならないだろう。

ソフィアさん、ごめんなさい。ひきこもりとカップルだなんて思われたらマジで申し訳ない。

なるべく離《はな》れて歩いていよう。その方がソフィアさんのためだ。

「あれ？　もっと近くを歩いていいよ？」

速攻《そっこう》で察された。年上の余裕《よゆう》か何かだろうか。手が触《ふ》れ合うか合わないかくらいの近さで歩くことになってしまった。

本当に申し訳ない気持ちだった。髪《かみ》とか伸びまくってるダサい俺なのに。

街の中央通りに出た。

ここからずーっと歩いていけば王城へとたどり着くし、逆の方向に歩けば街の正門にたどり着く。

重要な通りだから、もちろん人は多い。とんでもなく賑《にぎ》やかだ。

人気の商店が多くて、歩いているだけでも楽しい道だろう。

ただし、歩くのがひきこもりでなければだけどな。

ううう……。ただでさえ俺には太陽は眩しすぎて陽に当たっているだけで体力が消耗《しょうもう》されていくというのに、人を避《さ》けながら歩いていくのはさらに疲《つか》れる。

あと賑やかなのも疲れる。体力だけじゃなくて精神も疲れる。

もう、ヘトヘトだよ。ひきこもりたい。

「なんで天日干しのイカみたいにげっそりしてるの」

「人酔《ひとよ》いっすかね……」

ソフィアさんに笑われてしまった。

かっこわるくてすみません。ひきこもりって虚弱《きよじやく》体質なんです。

あ、でも良かった。すぐに目的地に着いた。

「ヴィル君、お疲れさま。着いたよ。ここがそう」

「これが打開策ですか？　でもここって……」

街の中央通りにある超大手《ちようおおて》のギルドだ。

〈グラン・バハムート〉と比べたら、余裕で三〇倍は大きい店舗《てんぽ》だ。会員数だって桁違《けたちが》いだと思う。

「そう。ここはこの街一番のギルドだよ。ギルド名は〈コズミック・ファルコン〉」

ソフィアさんと共にギルドに入っていく。

依頼者《いらいしや》やギルド会員がたくさんいて活気がある。

掲示板《けいじばん》だっていくつも並んでいて、クエストがよりどりみどりだ。

なにげに観葉植物とか多いし、雑誌なんかもたくさんある。夜はお酒でも提供しているのかバーもあるぞ。

「すっげ。さすがは街で一番だ」

「いつか〈グラン・バハムート〉もこのくらいになるといいね」

「そうですね。で、ここがなんなんですか？　ていうか、俺《おれ》たちはここにいていいんですか？」

別のギルドに所属している俺たちがいたら、ここのギルドの連中にいらない因縁《いんねん》をつけられそうだ。

喧嘩《けんか》になっても俺は何人でも倒《たお》せる自信がある。でも、余計な騒《さわ》ぎは起こしたくない。

〈グラン・バハムート〉のイメージ低下に繋《つな》がってしまうかもしれないし。

ソフィアさんは掲示板に歩いていった。俺は後ろをついていく。

掲示板の一つ一つがでかい。しかも、これでもかと依頼が貼られていた。

屈強《くっきょう》な男たちが何人か依頼を吟味《ぎんみ》している。俺たちはその場所は避《さ》けて、人のいないところの掲示板の前に来た。

「いーい、ヴィル君？　ギルドって協定があるの」

ソフィアさんが依頼書《いらいしょ》を一つ、掲示板から手に取った。

魔獣の討伐《とうばつ》クエストだ。ちょっと珍しい魔獣だな。依頼者は爪《つめ》の素材が欲しいらしい。

倒すのは簡単だが爪を剥《は》いで持ち帰るのが大変なクエストだな。数が必要なのも面倒くさい。

「このクエスト、もう期限ギリギリだよね。もしかしたら誰も対応できずに期限を過ぎちゃうかも。でもそうしたら、依頼者が困っちゃうよね。そういうことが起きないように、ギルド同士で連携《れんけい》しあってクエスト攻略《こうりゃく》を助けてるんだ。それが協定」

「つまり、別のギルドに所属している俺たちが、〈コズミック・ファルコン〉にあるクエストを受けても問題ないってことですか？」

「そのとおりだよ。大手には仕事が山のようにあるから、弱小ギルドの会員は仕事をもらいに、よく大手ギルドに来るの。手数料で二〇％もとられちゃうけど、まあそこは我慢《がまん》だよね」

なるほど。大手ギルドに所属したくても審査《しんさ》があって入れない場合だってあるからな。

弱小ギルド会員は大手のおこぼれをもらって生活してるってわけか。

「私たちのギルドはここのところ実績らしい実績がないし、お客さんたちはやっぱり大手を頼っちゃうんだよね」

アーニャの家には依頼はほとんど来ない。

こっちには山のようにある。

どちらが街から信頼《しんらい》されているギルドかは一目瞭然《いちもくりょうぜん》だ。

「でも、大手にこれだけクエストがあるなら、お金は凄《すご》く稼げそうですね。俺、やりますよ。優秀な俺ならきっと大金を稼げます」

誰か俺たちのところに来たぞ。

この場にまったく似つかわしくない少女だ。

年は、アーニャと同じくらいだろうか。

ひらひらが多めな、お人形さんみたいなドレスに身を包んでいる。髪はくるくる縦ロール。ていうか、めっちゃ髪が多い。夏は暑そうだ。

この少女、見た目はかわいらしいが、どうも俺たちを見下しているようだ。眼差《まなざ》しがものすごく上からだし。

「おーっほっほっほっほっほっほー」

そんな笑い方をするのは貴族の嫌味《いやみ》ったらしいおばさん達だけだと思っていた。まだその笑い方をするにはきみは早いぞ。あときみ、庶民《しょみん》の子じゃないのか。

「見知った背中だと思えば弱小ギルドの、おっと失礼、ご近所ギルドの〈グラン・バハムート〉の会員さんではありませんか。ソフィアさん、ついに私のギルドに転籍《てんせき》する気になったのかしら？」

私のギルド？　ということはこの子はこのギルドのマスターか？　アーニャといい、若くして働いていて偉《えら》いな。ひきこもりの俺とは大違《おおちが》いだ。肩身《かたみ》が狭《せま》いぜ。

「こんにちは、クララちゃん。転籍なんてしないよ？　クエストを受けに来ただけ」

「それはそれは。いつも当ギルドをご贔屓《ひいき》にして頂き誠《まこと》にありがとうございますわ」

ソフィアさんがムカッとしたぞ。クララとかいう少女が馬鹿にしたようにニヤつくから。

「手数料、もったいないとは思いませんの？」

「協定だから仕方ないよね」

「たった二人のしょうもないギルドごっこなんてもうやめにしません？　見てて憐れですの。私のギルドに来た方が稼げますわよ？」

「い・や・よ。私は〈グラン・バハムート〉とアーニャちゃんが大好きなの」

「あら？　私のことは？」

「普通だよ、普通」

「ぐぬぬ……」

クララが俺の存在に気がついた。すっげー訝《いぶか》しげな顔をする。

「まさかソフィアさんの彼氏《かれし》さん……？　こんな冴《さ》えないお方が？　うわぁ……」

「うわぁって言うな、うわぁって。俺は彼氏じゃないよ。俺はヴィルヘルム・ワンダースカイ。〈グラン・バハムート〉の会員だ。あとな、さっきのきみの言葉に付け足しておくけど、〈グラン・バハムート〉は全員で二人じゃない。全員で三人と一匹《ぴき》だ。そこんとこよろしくな」

「一匹？」

「ソーダネミューってよく働く魔獣がいるんだよ」

「ぷーくすくすくすくす！」

クララが後ろを振り返った。大きな声を出す。

「みなさーん、お聞きになりましたー？　なんと街一番の弱小ギルド〈グラン・バハムート〉は、ペットまでも会員数に入れていますのよー！」

そいつはおもしれーやと、みんなが一斉《いっせい》に笑った。

ぎゃーっはっはっはっはっは、と下品な笑い方だ。どうもあまり仲良くなれそうにない連中だな。

「ま、ごゆっくりクエストをお選びになってくださいね。手数料を取られても泣かれませんよう。では、ごきげんよう。おーっほっほっほっほっほ！」

馬鹿にするだけ馬鹿にして去っていった。

ソフィアさんがイラッとした顔になっている。

「お知り合いなんですか？」

「ここのギルドマスターで私のご近所の子だよ。昔はもうちょっと可愛かったんだけどね」

それが今は嫌味ったらしい高笑いのお嬢様《じょうさま》もどきになってしまったのか。嘆《なげ》かわしいことだな。

ソフィアさんとクエストを選ぶ。

隣街《となりまち》へのお使いに、訓練用のモンスターの捕獲《ほかく》、薬草摘《つ》みに、食材調達——。クエストはよりどりみどりだ。

しかし、ソフィアさんに任せていてはダメだと分かった。

クエストはAからFまでのランクがあって、Aが一番難しい。だが、ソフィアさんはDあたりのクエストを中心にチェックしている。Dランクでは報酬《ほうしゅう》は高くても三〇〇〇ゴールドほど。

それでは二週間でギルドの運営管理費は払えない。

クエストは俺が見ないとダメだ。俺は優秀だから大金をドーンと稼げるはず。

端《はし》に追いやられているクエストが目についた。あれなんかいいんじゃないだろうか。

難易度は最高ランクのA。

クラーケンという超大型《ちょうおおがた》のやばい魔獣を討伐するクエストだ。報酬は手数料を差し引いても一〇万ゴールドある。絶対にこれを選ぶべきだ。

「ヴィル君、それはダメだよ。街からの依頼でしょ？　一番報酬が高いけど、一番難しいやつだよ。もう三ヶ月は放置されてる依頼だよ」

「それなら、なおさらこれを攻略するべきですよ。そうしたら、弱小ギルドなんて笑われなくなりますし」

うわ、イヤだな。二〇歳くらいの男性に肩《かた》を組まれた。

ここのギルド会員だろう。

「おいおい、にーちゃん、まさかクラーケンを倒そうっていうのかよ。冗談《じょうだん》きついぜー。にーちゃんみたいな細い男にクラーケンが倒せるかっつーの。おっぱいのでかい女の子の前だからってかっこつけすぎ。悪いことは言わねー。他のにしときな。死んじまったら元も子もねーよ？」

なんだよ。親切かよ。

「いや、これでいいんだ。俺ならクラーケンを余裕で倒せるからな」

しかし、俺のこの言葉が、近くにいた連中に聞こえてしまったようだ。

「ぎゃ――――はっはっはっはー。お嬢《じょう》、お嬢ー、聞いてくださいよ。こいつ、クラーケンの討伐に行こうとしてるみたいですよ。止めなくていいんですかーい？」

わーっはっはっはっはー。大きな笑い声が響《ひび》く。不快な場所だな、ここは。

「おーっほっほっほっほ。どう見ても冴えないヴィルヘルム様がクラーケン？　面白《おもしろ》い冗談ですわね。ぜひ挑《いど》んで頂いて構わないですわよ。どうせすぐに泣いて帰ってきますからね。あー、泣き顔が楽しみですわー」

わーっはっはっはっはっはっはーとまた大合唱。

親切な男性は俺の背中をぽんと叩《たた》いた。「煽《あお》られたからって無理すんなよ」だってさ。なんだよ。また親切かよ。

「ぐぬぬ……」

ソフィアさん、顔を真っ赤にしてめちゃくちゃ悔《くや》しそうだった。しかも、ちょっと泣きそう。

大丈夫。俺は優秀だからクラーケンを倒せますよ。絶対に。

「弱小ギルドの扱《あつか》いなんてこんなものだよ」

ソフィアさんは悔しさを押《お》し殺している。

「大手の方がクエスト達成力も達成スピードもずっとあるの。実際、私はDランクまでしか受けられないし、アーニャちゃんはもっと簡単なのしか達成できない。今の〈グラン・バハムート〉はそんな程度のレベルだよ」

昔は違ったそうだ。

アーニャパパがいた頃は、優秀で人柄《ひとがら》の良いギルド会員が多かった。だから街の人も安心して依頼を〈グラン・バハムート〉に出していた。

だが、アーニャパパがはやり病で亡《な》くなってからというもの、人はみるみるいなくなってしまったらしい。

「普通ならソフィアさんも大手ギルドに移籍《いせき》したり別の街に行ったり、あるいは別の仕事に打ち込《こ》んだりするもんなんじゃないですか？」

「考えもしなかったよ。だってアーニャちゃんがかわい過ぎるから。毎日抱《だ》きしめて眠《ねむ》りたいくらいにかわいいよ」

それは同意だ。アーニャはかわいい。抱きしめたいくらいにかわいい。

「じゃあ、アーニャのためにも頑張《がんば》りましょう。アーニャは〈グラン・バハムート〉を国で一番のギルドにしたいって言ってましたよ」

「うん、知ってるよ。途方《とほう》も無い夢だけどね」

「その途方も無い夢を現実にする第一歩が、このクエストですよ」

俺はクエスト手帖《てちょう》を見せた。そこには俺が受けたAランククエスト「クラーケンを討伐せよ」の内容が書かれている。

「ヴィル君ならできるの？　いえ、再来の魔王さんなら」

「その二つ名、ソフィアさんは知ってたんですか？」

「リリアーナさんとヴィル君の会話が外に漏《も》れてただけだよ。そういえば、ワンダースカイ家のおぼっちゃんが世間を騒がせたことがあったなーって思い出しちゃった」

「……新聞に載《の》ってたらしいですね」

一〇〇年以上前に滅《ほろ》んだ魔王が復活！　再びこの世界を滅亡《めつぼう》に導くのか？

なんて記事だったらしい。その魔王が俺ってわけだ。なにせ俺は、世界で誰《だれ》も使えないはずの魔王の極限魔法《まほう》を習得してしまったから。

そりゃー国家権力やメディアからすれば、恐《おそ》ろしいし話題になる存在だったろうよ。

でもそのおかげで俺の人生はめちゃくちゃさ。疑いが晴れた今ですら、あいつらは俺の潔白を世間に伝える努力を何一つしやがらない。

こんなにも優秀で人柄も良い俺が、魔王になんかなるわけがないっつーの。

ふう――――、と我ながら大きなため息が出たと思う。

特にソフィアさんに不満をぶつけたつもりはなかったんだが、向こうは俺の気分を害してしまったと思ったのだろうか。オロオロさせてしまった。

それからしばらく、俺たちは無言で歩いた。

街を出て、海に向かう。かなり距離《きょり》があるから少し早足だ。

ひたすら歩いて、林に入り、さらにしばらく歩いたところで、ソフィアさんが俺に話かけてきた。

「少し、昔話をしようかな」

「むかしむかしあるところに、おじいさんとおばあさんが？」

「そういうのじゃないよ。むかしむかしあるところにね、一人のかわいらしい女の子がいたの」

「ソフィアさんのことですね」

違うらしい。アーニャの話だそうだ。

「あの子ね、まだ戦い方を教わってもいないのに、家のお手伝いだからって一人で勝手に街の外に飛び出してしまったことがあったの」

あのかわいくて真面目そうなアーニャがそんな無茶《むちゃ》をしたのか。

いや、真面目だからこそ、家のお手伝いを一生懸命《いっしょうけんめい》にやってしまったのかもしれない。

「当然、モンスターに襲《おそ》われたわ」

「まさか、触手《しょくしゅ》」

「年齢《ねんれい》制限はない話ね」

「じゃあ、オークも違うんですね」

「というか、アーニャちゃんがまだおっぱいが膨《ふく》らんでない年齢の話だよ。……まあ今もあんまり膨らんでないけど」

「ソフィアさんって、アーニャくらいの年齢のときは胸はどれくらいあったんですか？」

「下から持ち上げようとしたら、手の平からおっぱいがこぼれるくらいにはあったよ」

どんな子供だよ。

むしろ見てみたい。そして、仲良くなってちょっと手の平で持ち上げさせて欲《ほ》しかった。

「でね？　襲ってきたのは、コカトリスって魔獣《まじゅう》だったんだよ」

「ああ、あのにわとり頭のかなり強い魔獣。街の近くに出るなんて珍《めずら》しいですね」

毒もあるし、けっこうやばい魔獣だ。討伐クエストがあるならランクはCか、あるいはBでもおかしくはない。

「あの子、街を出て森に入って、山をずっと登ってたって言ってた」

「うわー、活発過ぎる女の子ですね。ああ見えて、ちゃんとギルドの家の子なんですね」

「そうね。でね、そのときにコカトリスの餌《えさ》になることを覚悟《かくご》したアーニャちゃんだけど、颯爽《さっそう》と現れて助けてくれた人がいたの」

「ふっ、俺《おれ》だな」

適当に言ってみた。

「そう、ヴィルヘルムっていう名前のお兄さん」

「え、当たり？　マジですか？」

「なんだ。覚えてたんじゃないんだ。当たりだよ。アーニャちゃんがおっきなコカトリスの身体をずるずる引きずって街に帰ってきてこう言ったの。ヴィルヘルムっていうお兄ちゃんが王子様みたいに凄くかっこよかったよって。あのときのアーニャちゃんは乙女《おとめ》の顔だったなぁ」

　コカトリスを山から持って帰ったのか。あれ、かなりでかいぞ。大人よりもでかい。たくましい女の子だな。

「あれ、素材を売ったらけっこうなお値段になったんだよ。あと、お肉おいしかった」

　食ったんかい。

「話がちょっと逸《そ》れちゃったけど、あのときからアーニャちゃんの憧《あこが》れの人はずっとかっこいい王子様みたいなヴィルヘルムお兄ちゃん」

　良いことをしててよかった。ナイス、昔の俺。

「アーニャちゃんって結婚《けっこん》の話はしてなかった？」

「あー、俺が婿《むこい》入りするとかなんとか。俺の父もしてましたね」

「アーニャちゃんは本気だよ。ヴィルヘルムお兄ちゃんにお婿さんになってもらって、ヘグラン・バハムート〉を二人で大きくするんだって嬉《うれ》しそうに言ってた。ヴィル君がひきこもりになったのは知ってたけどね。絶対に私の王子様だから、運命だからって、アーニャちゃんの方からワンダースカイのおじさまに、息子《むすこ》さんをお婿さんにくださいって真剣《しんけん》にお願いしたんだよ」

まさかあの父は、その話を二つ返事で承諾《しょうだく》したのだろうか。

アーニャの提案を聞いてすげー喜んでそうな父の顔が思《おも》い浮《う》かぶ。あの父ならありうる。

「……ひきこもりしづらくなる話だなぁ」

「ちなみにソフィアお姉ちゃんとしては、結婚は認めてないからね。アーニャちゃんがお嫁《よめ》さんに行くのなら別に構わないけどね」

「大貴族の長男の嫁なら将来は安泰《あんたい》だからってことですね。俺だってそのくらいは分かってますよ」

ひきこもりの婿なんて普通《ふつう》はお断りってことだって理解している。

「ヴィル君がアーニャちゃんのお婿さんとして私に認めてもらいたいのなら、〈グラン・バハムート〉で馬車馬のように働いて、大金をがっぽり稼いで私にもおこぼれをちょうだい。ね、魔眼の勇者さん？」

「……いやー、ひきこもっていたいなぁ」

「アーニャちゃんの家でひきこもるくらいなら、馬車馬のように働いて今すぐ死ねばいいのになー」

「オチがひどいっすね」

ソフィアさんが笑った。

笑いに合わせて乳がぽよんぽよん振動《しんどう》している。アーニャもいつかソフィアさんくらいに大きくなるといいな。その方がアーニャの母性みが増して良い。

◇

海に着いた。ここがクラーケン討伐の舞台《ぶたい》だ。

「ううー、まだ寒ーい」

ソフィアさんには岩陰《いわかげ》で水着に着替《きが》えてもらった。まだ春だから寒いのは分かっているが、ここは一肌脱《ひとはだぬ》いでぜひ頑張ってもらいたい。

「で？　わざわざお姉さんをビキニ姿にしてどうするつもり？」

「そんなの決まってるじゃないですか？」

ソフィアさんが少し恥《は》ずかしそうに両腕《りょううで》で胸元《むなもと》を隠《かく》した。

豊満過ぎる乳房《ちぶさ》だ。ビキニ姿のせいで形の良さまでもはっきりと分かる。

男子なら誰が見ても大絶賛の言葉を贈《おく》りたくなるほどに素晴《すば》らしいおっぱいだ。国で一番のおっぱいまであるかもしれない。

「……も、もしかしてヴィル君ってば、ひとけの無いところに私を連れてきて、いやらしいことをしようっていうんじゃ」

「泳いできてください」

ソフィアさんが海を見る。

恥ずかしそうにおっぱいを隠した。

「もしかして、私にいやらしいことを」

「泳いできてください」

ソフィアさんが海を見る。

恥ずかしそうにおっぱいを隠して、腰《こし》をくねらせた。

「いやら」

「泳いできてください。ほらほら、海で水着ときたら泳ぐに決まってるじゃないですか」

「ちょっとはいやらしいことを考えてよ。もうー、こっちは身体《からだ》を張って水着のサービスをしてあげてるんだよ？」

理不尽《りふじん》な。俺にだって男の下心は人並みにはあるけれども、そんなのをむき出しにして接したら怒《おこ》るでしょうに。

「もしかして、ヴィル君はアーニャちゃんみたいなロリっ子ボディじゃないと興奮しない人かな？」

「いやー、将来に期待ってところじゃないですか？　五年、いや、三年あれば良い感じに実ってそうですけど」

「そんな目で見てたんだ。いやらしー」

どう返せば良かったんだよ。

興味ないって言うのもアーニャに失礼な気がするし。

女心は難しいぜ。

「まあいいんだけどね。仕事だって分かってるし。お姉さん頑張っちゃうよ」

ソフィアさんが準備運動を始めた。

たゆん、たゆん。たゆん、たゆん。ぽよ――――ん。

屈伸《くっしん》したり、脇《わき》を伸《の》ばしたり、背中をのけぞらせたり、何か動くたびにおっぱいが楽しげに揺《ゆ》れ動く。

その動きに俺の目がどうしてもついていってしまう。男の本能だ。悔しいがあのおっぱいには逆らえない。

「やっぱり私の身体が目当てだったー」

「黙秘権《もくひけん》を行使します」

「拒否《きょひ》よ、拒否。おっぱい好きなんでしょ？　正直に言ったら揉《も》ませてあげようかなって気にもなるんだけどなー」

「う……。……。……。好きです」

「はい、ひっかかったー。今のうっそー」

むかつく。純真な男子の心を弄《もてあそ》ばないで欲しい。ソフィアさんは悪女かな。あのおっぱいなら悪女でもじゅうぶんにやっていける。何十人のイケメンでも何百人だとしてもソフィアさんのおっぱいには必ずひれ伏《ふ》すだろう。

「よし、じゃあ、泳ぎますかー。いちおう聞いておくけど、なんでヴィル君は泳がないのかな？」

「俺、いま実家を出禁なんですよ」

「うん、知ってる。追放されたんでしょ？」

「だから水着、持ってこれないんですよね」

「そんなつまらない理由かー」

あと手持ちの金が無いっていうのも理由だ。なにせ働いてないからなー。水着すら買えやしない。

「はい。というわけで、ソフィアさんに頼《たよ》るしかないんです」

「了解《りょうかい》。で、どうすればいいの？」

「クエストの討伐対象であるクラーケンは海に生きる大型の魔獣です。近づかなくていいので、泳いで探してきてもらえませんか。見つけ次第、優秀《ゆうしゅう》な俺がさくっと退治しますよ」

「その言葉を信じたよ。じゃあ、探してくるね」

「依頼書によると、クラーケンは浅瀬《あさせ》に近いところに身を隠して獲物《えもの》を探しているそうです。じゅうぶんに気をつけてくださいね」

「見つけるだけなら大丈夫《だいじょうぶ》ー。私もギルド会員だし、こう見えて経験年数はけっこうあるんだよ。お姉さんにまっかせなさーい」

そう言って、人魚みたいに綺麗《きれい》なダイブで海に潜《もぐ》っていった。

行ったか……。

さあ、ソフィアさん。良い餌になってくれるかな。

実は俺が裸《はだか》で泳いでも別に良かったんだよな。

でもまあ、普通に考えて男子の俺よりは、フェロモンたっぷりおっぱいのソフィアさんの方がクラーケンから見て美味《おい》しそうに見えると思うんだ。だからソフィアさんが泳ぐ方が適任だと思った。

きっとクラーケンはひっかかってくれるはず。

ソフィアさんが何回か海の上に顔を出しては潜っていった。けっこう泳ぎは得意なようだ。一回潜るごとにかなり移動している。

あれだけ大きなおっぱいなら浮くのは楽そうだよな。

……なかなかいないもんだな。けっこうな大型魔獣のはずなんだが。

もしかして、依頼《いらい》のあった三ヶ月前から月日が経《た》っているから、もういなくなっているのかもしれない。

それだと報酬が入らないから無駄骨《むだぼね》だなぁ。できればいて欲しい。

あ、ソフィアさんが猛烈《もうれつ》にこっちに向かって泳ぎ始めた。

尋常《じんじょう》じゃない速度だ。クロールなんてもんじゃないぞ。大慌《おおあわ》てでこっちに泳いでいる。

必死すぎて身体が海から浮かび上がっている。凄い動きだ。

うわー、すっげー。ソフィアさんが海の上を足で走り始めた。足の回転速度が速すぎる。

速すぎて足が見えない。

おっぱいがめちゃくちゃ揺れてる。ぼいんぼいんだ。

お姉さんがおっぱいを揺らしながら水走りってなかなかありえない光景だ。目に焼き付けておこう。

「わわわわわわわわわわわわー。ヴィル君、いたいた。いたよっ。おっきいイカがいたのっ。私の想像の一〇〇倍くらい大きいよっ。あんなの絶対に人間には倒せないよっ」

「触手、じゃなかったイカの足が伸びてきてますよ?」

「嘘《うそ》ーっ。本当だーっ。ひぃいいいいいいいいいいいいい。餌になる――――。私なんて食べてもお腹《なか》の足しにはならないでしょおおおおお」

「でも絶対に美味しいと思いますよ」

「まさかヴィル君、最初から私を餌にする気だったのおおおおおお」

「いえいえ、まさかそんな」

「なんで目をそらすのおおおおおお」

クラーケンの足が四本も伸びてソフィアさんを追いかけてきた。

しかし、ソフィアさんも命がけのせいか素晴らしく速い。このまま砂浜《すなはま》まで逃《に》げ切れそうだ。

さあ、どっちが勝つんだ。

あ、クラーケンの足が一本、高速で伸びてきた。

おおおお、必死にソフィアさんが避けた。後ろに目でも付いているような動きだった。

ソフィアさんやるな。

「あああああっ、水着の上を取られちゃったー」

「いいぞー、クラーケーン」

「こーら、ヴィル君ー。もうこっちを見るのは禁止だからね。アーニャちゃんに告げ口するからねっ」

ちっ、まあしょうがない。

水着を奪《うば》われたことでますます跳《は》ねるおっぱいを見るのは楽しいんだが、ここは紳士的《しんしてき》に対応するとしよう。もうじゅうぶん過ぎるくらいにしっかりと見られたし。

はあはあ、生の爆乳《ばくにゅう》、生の爆乳。やっぱりもうちょっと見よう。

なんて美しいんだろうか。素晴らしい。生きてて良かった。

ざばーっと海から大きなイカが浮かび上がってきた。

来たか。クラーケン。

真面目モードに戻《もど》ろう。

「なるほど。でかいな」

俺の想像の一〇〇倍とは言わないが一〇倍はある。ちょっとした小島くらいの大きさはあるんじゃないだろうか。

「あれ、売ったら金になりそうだな」

クエスト手帖を確認《かくにん》する。

おおっ、保存状態が良いときに限り買い取りアリになってる。じゃあ、どうにかして持って帰ろう。

「ヴィル君、あとは任せていいんだよねー」

「はい、あんなの余裕ですよ」

「人間に倒せるとは思えないんだけど」

「俺はそこらの人間をはるかに超《こ》えているので問題ないです」

とはいえ、どうしようか。

勇者の神剣技《かみけんぎ》だとクラーケンを真っ二つにしてしまう。それでは買い取ってもらえないかもしれない。

魔王《まおう》の極限魔法でこの状況に適《じょうきょう》したものを考えるしかないか。

つーか、あれしかないだろう。あれならクラーケンの状態は良好のままでさっくり倒すことができる。

「ちょっと疲《つか》れるが、まあいいか」

俺は魔力《まりょく》を極限まで高めた。

一瞬《いっしゅん》でクラーケンに察知されて、俺が餌ではなくて敵だと認識《にんしき》されてしまった。

クラーケンの足が目にも止まらぬ速さで俺に迫ってくる。

だが俺は、軽《かろ》やかなステップでことなげに全てかわした。

クラーケンの使ってきたド派手な水魔法《みずまほう》や破壊《はかい》魔法ですら軽々避《よ》けていく。

「うわ、ヴィル君、その目はなに？」

魔王の極限魔法の中でも強力なものを使うとき、俺の瞳《ひとみ》が血のように真っ赤になり強く光《ひか》り輝《かがや》く。それは強い魔獣のような瞳だとも言われる。

これが、「魔眼」だ。

「お見せしましょう。これが魔王の極限魔法の一つです」

俺は指をパチンと鳴らした。

「即死《そくし》魔法《デビルデスサイズ》」

超巨大《ちょうきょだい》な死神の鎌《かま》が二つ現れた。

これは本物の鎌じゃない。魔法の鎌だ。そしてこの鎌が刈《か》り取るのは身体じゃない。生命力そのものだ。クラーケンに漲《みなぎ》っている生命力を全て、いや、命を一撃《いちげき》で刈り取ってしまう。それが即死魔法《デビルデスサイズ》。

つまりこれをくらってしまえば、相手は一撃で死ぬ。

魔法の鎌がクラーケンの身体の中心部を刈り取った。クラーケンの身体には傷一つついてはいない。だが、生命力は全て刈った。

威嚇《いかく》するように持ち上がっていたクラーケンの足が全て砂浜と海中に落ちた。

クラーケンの黒い瞳から力が失われていく。

断末魔《だんまつま》の叫《さけ》びのような超高音《ちょうこうおん》が響いた気がした。その音がどんどん小さく萎《しぼ》んでいく。

ぱたり。クラーケンが倒れた。ゆっくりと横たわっていく。クラーケンは死んだのだ。

クラーケンの上半身が砂浜に倒れ下半身は海中に沈《しず》んだ。もうぴくりとも動かない。

優秀な俺の魔法によってな。

クエスト完了《かんりょう》だ。

「え、あれって、死んだの？　なんか凄いシュールじゃない？　ぶしゃーって血とか出ないんだ」

「ソフィアさん、おっぱい。おっぱいが丸見えですよ」

「あ、しまった。ヴィル君のエッチ」

「ごちそうさまでした」

これにて一件落着だ。

俺は物体浮遊《ふゆう》の魔法を使ってクラーケンを街まで運んだ。

海から街までは距離がある。長時間ずーっと魔法を使うことになった。だからめっちゃ疲れた。ベッドが恋《こい》しくなったよ。ひきこもりに過度な疲労《ひろう》ってメンタルにくるんだ。

◇

ギルド〈コズミック・ファルコン〉に帰還《きかん》した。

胸を張って帰ってきたぞ。

Aランククエストを攻略したんだ。ギルドで英雄《えいゆう》みたいな扱いになるだろう。

しかし、違《ちが》った。

店内に入った瞬間《しゅんかん》に大注目を浴びた。いやーな視線だ。嫌味ったらしい感じの。

「おい、みんな。あのにーちゃんたちが帰ってきたぞー！」

そして、大笑いを受けた。

「だーっはっはっはっはっはーっ。どうしたどうした。ずいぶんお早いお帰りじゃねーか。やっぱりクエストを変えるか？　その方がお利口さんだぜー。ぎゃははははは！」

大柄《おおがら》で屈強《くっきょう》な男たちがカエルみたいに大合唱してうざいくらいの大笑いになった。普通にめちゃくちゃうるさいし鬱陶《うっとう》しい。

ひきこもりに大音量の笑い声なんて、ぜんぶ疲労になって溜《た》まるからやめて欲しい。

「クエストなら、ちゃんとクリアしたよっ」

男たちの大合唱の中に、ソフィアさんの女性声がすーっと入っていった。

一瞬、ぴたりと笑いが止まる。しかし、一瞬だけだ。

「ぎゃーっはっはっはっはーっ。そうかそうかー。それってどうせAランククエストじゃないいんだろー。言い訳ができるようにランクの低いクエストも一緒《いっしょ》に受けてたんだよなっ。がはははははっ」

「Aランクのクエストをクリアしたんだよ？」

ダメだ。誰も聞いちゃいない。大声で笑って、近場の仲間と好き好きに俺たちをバカにしている。

ソフィアさんはムッとしたけど、まあ笑わせてもいいんじゃないか。どうせすぐにクリアの証拠《しょうこ》を突《つ》きつけることができるわけだし。

俺たちはギルドのカウンターに来た。

ギルドマスターのクララ・ボイジャーがカウンターの向こうで上品に小指を立てて紅茶を飲んでいる。めちゃくちゃ良い椅子《いす》に座《すわ》っているな。さすがは大手のギルドマスターってところか。

クララは書類仕事でもしていたのか、カウンターには大量に紙が出ていた。

「あら、お帰りなさい。お早いお戻りですわね？」

紙を手際《てぎわ》よく片付けて、もったいぶるようにゆっくりと立ち上がった。

俺より背が低いくせに上から見下すように笑《え》んできやがる。

ギルドの会員たちが笑う準備を整えてそわそわしている空気になった。俺が何かアホなことを言えばその瞬間に大笑いをする気だろう。

だが、残念だったな。アホはお前たちだ。

「例のクエストをクリアした。報酬をくれ」

「超簡単だったよ！」

ソフィアさんがクエスト手帖をカウンターに開いて置いた。そこにはクエストの結果が魔法で自動的に書かれている。

もちろん結果は、「討伐完了《とうばつかんりょう》」だ。クエストを達成できているってことだ。

「……確認させて頂きますわね。あら？　あらあらあら？　ちょっ、どういうことですのっ」

クララがクエスト手帖を持ち上げて凝視《ぎょうし》した。

何度も何度も確認する。

じっくりと見てから、顔を上げた。ショック死しそうな顔だ。

「クラーケンを……確かに倒《たお》していますわ……」

「ぎゃ――――――――っはっはっはっはっはー、にーちゃんたち、やっぱりクラーケンを倒せなかった……。え？　は？　お嬢、いまなんて？」

「クラーケンを、倒していますの。間違《まちが》いなく」

「はあ？　そ、そんな馬鹿な。お嬢、クラーケンって言えば伝説になるような化け物ですぜ。人を食べ、クジラを丸呑《まるの》みにし、腹が減ればちょっとした島ですら丸ごと餌にしてしまうようなヤバい化け物だ。常識ある人間なら相手が化け物過ぎて近づくことすらできないですぜ？」

クララが再度、クエスト手帖を確認した。

「本当に倒していますわ。信じられませんけど」

ギルド内に静寂《せいじゃく》が訪《おとず》れた。

もはや誰も笑うものはない。

それどころか後ろめたい空気に変わってしまっている。散々人のことをバカにした結果、自分たちがバカだったと思い知ったんだろう。

「あの……、お伺《うかが》いしてもよろしいですの？」

「ああ、なんでも聞いてくれ」

「この達成報告によると、クラーケンの討伐《とうばつ》が完了、さらに、クラーケンを納品とあるのですが……？」

　ざわ……ざわ……。

　小声でひそひそ、やりとりが始まった。

　嘘だろ、とか、ありえないとか、なんかそんな会話をしているようだ。それがありえるんだよなあ。

「ああ、それな。クラーケンが納品可能だったから持って帰った。ここでぜひ買い取って欲しい」

「持って帰ったって……。現物はどこにあるのかしら。足の一本でも取ってきたんですの？」

「いや、全部だ。身体全部、丸ごとだな。ただ、大き過ぎてギルドに入らなかったんだよ」

　ソフィアさんがギルドの外に走った。そしてすぐに戻ってくる。クラーケンの足の一本だけを引っ張ってきた。まあその一本の足ですら、入り口を通らなかったんだけどな。

「これだよー。入らないけどクラーケンの足ー。ヴィル君の魔法で浮かせてるの」

屈強な男たちが何人か外に出た。

そして、すぐに悲鳴のような絶叫《ぜっきょう》をあげた。クラーケンのあまりの大きさに度肝《どぎも》を抜《ぬ》かれたようだ。

マジで小島みたいな大きさだもんな。それが俺の魔法で空に浮かべられている。いきなり見たらそりゃーびっくりするだろう。

ちなみに、街に入ってからギャラリーも凄《すご》かった。歩いている途中《とちゅう》で新聞記者も来たくらいだ。

新聞記者の彼《かれ》によるとクラーケンってめっちゃ美味《うま》いっていう伝説があるらしい。もし食べられるんならすげー楽しみだなって話をして盛り上がった。

「どうだ？　買い取ってくれるよな？」

「え、ええ。驚《おどろ》きましたわ。買い取りは五万ゴールドですわね」

「すげー分量の食料になるぞ。もうちょっと色をつけてくれないか？」

「いえ、それは……。依頼者《いらいしゃ》が決めることですから」

それもそうか。まあでも手数料分を差し引いても締《し》めて一五万ゴールドになった。これはアーニャに良い報告ができるだろう。

「ヴィル君、やったね！」

「はい。ソフィアさんもお疲れ様《さま》です」

ソフィアさんと右手でハイタッチした。パチンと手を合わせた瞬間、ソフィアさんのおっぱいがぽよんと大きく弾《はず》んだ。嬉しそうな弾み方だった。

さあ、少しばかりの反撃《はんげき》と行こうか。

俺はギルドにいる屈強なギルド会員たちを見渡《みわた》した。胸を張って、嫌味《いやみ》ったらしい顔を作ってやる。

「で？　俺たちがクエストをクリアできないってあんたたちは言ってたか？」

しーん。誰も答えない。

「他のクエストに変えた方が良いって親切なアドバイスまでしていたっけか？」

さらに、しーんとなった。

全員、俺から目をそらしている。俯《うつむ》いているやつまでいる。

「おいおい、なんで黙《だま》ってるんだ。あんたらが何ヶ月も前から放置していたクエストだよな。それを俺たちが親切にも達成してあげたんだぜ？　むしろあんたらはなんで放置してたんだよって話だよな？　え、まさか、このギルドに所属している会員ってのは、こんな程度のクエストすら達成できない程度のものなのか？」

耳が痛くなるくらいの静けさだ。

屈強な男たちが揃《そろ》いも揃って汗《あせ》だらだらで耳が痛そうにしている。

ふふふふ、誰も何も答えないぞ。答えられないよな。だって、立場が無いもんな。

巨漢《きょかん》の男たちが俺よりも小さく見える。

こいつらにはさんざんバカにされたし笑われもしたが、これで少しはすっきりした。

これに懲《こ》りたらもう〈グラン・バハムート〉のギルド会員をバカにはしないことだな。でないとまた自分たちが恥《はじ》をかくぜ。

ていうか、こいつら本当に何も答えないな。

「おいおい、どうした。あんたら何か言ったらどうなんだ？　あんたらの口は飾《かざ》り物《もの》か？」

全員、わなわな震《ふる》えた。悔《くや》しさで唇《くちびる》をぎゅっと結んでいる。拳《こぶし》を握《にぎ》りしめている者もいる。だが、誰も何も言わない。

噛《か》み締めているんだろう。自分たちの愚《おろ》かさやバカさ加減を。頭の中でぐるぐるとな。

ざまあないぜ。お前たちが優秀な俺に喧嘩《けんか》を売るには一〇〇年は早かったな。

もうこのへんでいいだろう。

俺はニコッと紳士的な笑顔《えがお》を送ってやった。

「ま、煽《あお》り合いはこれくらいでいいだろう。今後はお互《たが》いにもうちょっと仲良くやっていこうぜ。無事にクラーケンを討伐できたんだ。夏の海水浴は誰でも安心して楽しめる。あんたらだって遠慮《えんりょ》無く海で遊んでいいんだぜ？　な？」

　ちょっとだけ良い人ぶっておく。

　するとアホなのか、屈強な男たちは顔を明るくして一斉《いっせい》に俺を見た。

　やはりアホだな。顔にアホって書いてあるもん。

「なーっはっはっはっはっはっはっはー。なんだおめーいいヤツかよ。おうおう、仲良くしようぜ、にーちゃーん！」

「にーちゃん、すげーじゃねーか。実は俺はあんたならやれるって信じてたんだぜ！」

「嘘つけお前、一番バカにしてたのはお前じゃねーか。だがな、実は俺はにーちゃんたちの成功をずっと祈《いの》っていたんだぜ？」

「それこそ嘘だ。ぎゃはははっ。だがもはや全部どうでもいい、クラーケンを食おう。今日は宴《うたげ》だあああっ。酒を用意しろおおおおっ」

　明るくて気のいいやつらか。アホだけど。本当にアホだけど。

「ちょ、ちょっとお待ちになりなさいっ。クラーケンは納品物ですわよ。これから依頼者である街役場に運ぶのです。手を出すのは禁止ですっ」

　クララの話なんて誰《だれ》も聞いちゃいない。

　ちなみに、〈コズミック・ファルコン〉の屈強な男たちを数十人使ってもクラーケンは運べなかった。だから、クラーケンの運搬《うんぱん》は俺が担当した。まったく、アホな上に手のかかる連中だぜ。

◇

夜。街一番の広場に来ている。

ここには街中の人々が集まっている。貴族や王族関係の人までいる。

理由は単純明快。街がクラーケン料理を無償《むしょう》で提供するからだ。なんと街の料理人を総動員して料理してくれたらしい。

クラーケンなんていう伝説の化け物を倒したのは街の大ニュース。宣伝なんてそこそこでも人々は信じられないくらいに集まった。

クラーケンはでかい。何千人集まろうと食べきれないだろう。

余った分は日干しにしたり燻製《くんせい》にしたりして、街が責任を持って冬にまで残しておくらしい。今年の冬は食料の心配はなさそうだな。

アーニャがやけどに注意しながら、かわいらしくクラーケンにかぶりついた。

「ヴィル様、とても美味しいです。このクラーケン焼き」

クラーケンの足を串《くし》に刺《さ》して、塩コショウなどをかけて焼いただけの簡単な料理だ。単純だけど、それがいい。

「ああ、マジでうめーな。味がめちゃくちゃ濃厚《のうこう》だし塩加減も絶妙《ぜつみょう》。それにコクがある。これはぶどうジュースとよく合うぜ」

「はいっ。ミューちゃんにもお土産《みやげ》をもらっていきましょう」

あいつ喜ぶだろうな。

本当はアーニャはミューちゃんも連れてきたかったけど、あんなでかいモンスターを連れてきたら迷惑《めいわく》だろうと置いてきたのだ。今頃《いまごろ》、〈グラン・バハムート〉で寂《さび》しく留守番をしてるだろうな。

「アーニャ、次はスープをもらってこようぜ」

「はいっ、ステーキも食べてみたいです」

他にもパスタとか揚《あ》げ物とかサラダとか、付け合わせのパンとか、とにかくいっぱい料理が並んでいる。

どれも美味しそうだし、街のみんなは嬉しそうに食べている。

ものすごく賑《にぎ》やかだ。夜なのに明るい。祭りの気分だった。

ひきこもりの俺にはいるだけで疲れる場所だ。人酔《ひとよ》いしてしまっているかもしれない。

でも、それでもなんだか楽しいな。

自然と気分が高揚《こうよう》してくる。この賑わいを作ったのは俺だと思うと、誇《ほこ》らしい気持ちになれる。

今日は遠慮なく、腹いっぱいまで食べようって思った。クラーケンを獲《と》ってきたのは他でもない俺なんだしさ。

「あ、クララちゃんがいます。クララちゃんは私と同い年のお友達なんですよ」

本当だ。〈コズミック・ファルコン〉のクララがいる。

昼のときと服が違う。黒いゴスロリドレスだ。

「あの子っていつもああいう服装なのか?」

「はい。かわいいですよね」

「まあな」

遠くから見てるとまるでお人形さんのようだ。ただ、ギルドマスターっぽさはあまり無いかな。

クララの方から近づいてきた。アーニャが嬉しそうに手を振《ふ》る。

「ふん、相変わらず馴《な》れ馴《な》れしい子ですわね」

「それはそうだよ。だって、お友達だもん」

「お友達じゃなくて、ラ・イ・バ・ル、ですわよ。私たちは商売ガタキ。もう子供ではないのですから、あまり馴れ馴れしくしないでください」

「うふふ、クララちゃん、かわいい」

「この子はぜんぜん聞いてないですわね。はあ、まあいいですけど。経営はいかがかしら、アナスタシア。〈グラン・バハムート〉はまだ潰《つぶ》れていませんの？」

ド直球だな。

アーニャにぶっ刺さったし、俺《おれ》にもぶっ刺さったし、たまたま通りかかったソフィアさんにもぶっ刺さっていた。

「ぜ、ぜんぜん大丈夫だよ。心配ありがとう」

大嘘《おおうそ》つきがいるぞ。友達なら素直《すなお》に言えばいいのに。

クララが呆《あき》れたようにため息をついた。

「ソフィアさんとヴィルヘルム様がうちにクエストを探しに来ていますのに、経営が安定しているわけはありませんわ」

「あうう……、で、でも大丈夫だよ。本当だよ」

「アナスタシア、提案なのですけれど、あなたのおうちに〈コズミック・ファルコン〉の看板を立てませんか？　そうすればうちに来た依頼をそちらにいくらでもお譲《ゆず》りできますわ」

「ごめんね。それはダメ。私の家は〈グラン・バハムート〉。お父さんと一緒に大事に育ててきたギルドなの。それだけは変えられないよ」

「では、彼だけ私が頂いてもよろしいでしょうか」

お。お。お。クララが俺の腕《うで》に自分の腕を絡《から》めてきたぞ。カップルみたいにひっついてきた。

「ヴィルヘルム・ワンダースカイ様はとても優秀なギルド会員様ですわ。ぜひ、うちで働いて頂きたく」

「ダメ」

クララが少し悪そうにほほえんだ。

「あら、それはなぜかしら？　〈コズミック・ファルコン〉の方が〈グラン・バハムート〉よりもたくさんのクエストがありますし、ヴィルヘルム様にとって挑戦的《ちようせんてき》で刺激的《しげきてき》な依頼がこれからも山のように来ることでしょう。であれば、〈グラン・バハムート〉にいる理由はないのではありませんか？」

いや、俺はひきこもりだから、クエストが山のようにあってもやらないぞ。挑戦意欲も無いし、刺激《しげき》もいらない。ひきこもるベッドがあればそれだけでいい。

ついでに言うと、俺はアーニャには美味い飯の礼があるが、クララには何もない。だから〈コズミック・ファルコン〉で働く理由がない。

アーニャが恥ずかしそうにしている。悔しそうではなくて、恥ずかしそう。

「どうでしょうか？　アナスタシア、ぐうの音もでないのかしら？」

「だ、だって、ヴィル様はね、いずれは……、私の旦那様《だんなさま》になる人……だから……」

クララが「は？」と聞き返して固まった。

「もう一回、おっしゃって頂けますか？」

「だ、だからヴィル様は私の旦那様になるの。お婿《むこ》さんに来てくれるの。お父様のロバートおじさんにも許可をもらってるの。だから、〈コズミック・ファルコン〉にはあげられないよっ」

「えええええええええええええええええええええええっ。そ、それはダメですわっ。いくら優秀なギルド会員様といえど、見た目はこんなに冴《さ》えないお方ですのよ」

おいっ。お前の隣《となり》に本人がいるんだぞ。

繊細《せんさい》な俺の心に傷がついたじゃないか。

「アナスタシア、こんなのよりもっと見目麗《うるわ》しい男性はたくさんいますわよ。私が選んであげますから、絶対に考え直してくださいっ」

「クララちゃん、ヴィル様よりもかっこいい男性はこの世界にはいないんだよ？」

「目がどうかしていますわ。お医者様、この近くに目のお医者様はいませんかー？」

「あーもう、なに言ってるの。私の目は大丈夫だよ」

「で、でも……」

クララが俺をちらっと見上げた。

つまらなそうな顔になった。

「クラーケンの方がずっとイケメンではありませんか？」

おいっ。さすがに化け物以下は心が抉《えぐ》られたぞ。どうしてくれるんだ。一ヶ月はひきこもりたくなったぞ。

アーニャは俺の顔を見ると、顔を真っ赤にした。

恋する少女の顔だった。かわいい。

「クラーケンよりもヴィル様の方が圧倒的《あっとうてき》にかっこいいに決まってるよ」

クララがもう一回俺の顔を見た。つまらなそうな目をした。

「みーとーめーまーせーんーわー。アナスタシア、あなたには自分が美しい少女である自覚はありまして？　こんな冴えない男性との結婚《けっこん》なんてつり合わないですわよ。こんなの素直な気持ちで祝福できませんわ。なに、恋にときめく女の顔になっていますの。すぐにお考え直しくださいませ――」

しかし、アーニャは考えを変えなかった。

そんなにも俺のことを思ってくれていただなんて。俺は誇らしい気持ちになったね。

街はますます賑わいを見せている。

料理はいくらでもある。酒だって振る舞《ま》われている。

ああ、良い夜になったもんだ。

◇

ドーンと、ずっと遠くで花火が打ち上げられたような音がした。

いや、あれは自然が発した音だったと直感が言っている。

しばらくすると、屋根に何か小石のような物がバラバラとぶつかった音がした。

アーニャはお風呂《ふろ》に入っている。ミューちゃんがソファで新聞を読んでいたので声をかけてみた。

「なあ、今の音ってなんだろうな」

「は？　海底火山が爆発《ばくはつ》したんだミュー。最近よくあるミュー。まあ、ニートやろうは知らないか」

煽るような顔を向けてきた。俺もバカみたいな顔を返してやった。

「ぷーくすくす、なかなか面白《おもしろ》い顔だミュー」

なんか笑ってくれたから俺の勝ちだな。

ミューちゃんが新聞を丁寧《ていねい》に畳《たた》んでソファの脇《わき》に置いた。なにやら真面目な顔をした。

「なあ、ニートやろう」

「どうした。目がマジだぞ」

「クラーケンだが」

「美味しかったか？」

「ソーダネ！　とっても美味しかったミュー。コクがあって味が濃《こ》くて最高だったミュー」

俺とアーニャがお持ち帰りしたお土産を気に入ってくれたようだ。良かった良かった。

「って、そうじゃないミュー。クラーケンがなんで浜辺《はまべ》にいたんだろうと思ったミュー」

「飯でも探しに来たんじゃないのか？」

「それが理由なら何ヶ月も同じ浜辺にいたりしないミュー。他に理由があるんだミュー」

なるほど。考えもしなかったな。ミューちゃんの言うことは確かに疑問に思うべきところだった。

「クラーケンは元々は深海にいる魔獣《まじゅう》ミュー。それがその場所にいられなくなった理由がきっとあるんだミュー」

「それが、海底火山」

「ソーダネ。だけど、火山の場所はクラーケンだって分かっているはずミュー。それなら寝床《ねどこ》を変えれば難をしのげたはずミュー。それなのにわざわざ浅瀬《あさせ》に来た。ということは、何か別の原因があったと考える方が自然ミュー」

「……まさか、捕食《ほしょく》される危険でもあったのか？」

「ソーダネ。海底で何かよからぬ動きがあった可能性が非常にあるミュー」

マジか。まだまだ何か起きそうだな。

海底火山がもう一度爆発を起こしたようだ。

クラーケンを捕食できる生き物。それってどんな化け物なんだろうか。

海底火山の影響《えいきょう》か、小さな地震《じしん》が起きた。

俺もミューちゃんも、不安な気持ちが強く湧《わ》いてしまった。

第4章 ★★★ ひきこもりはもちろんお金が無い

「うわ、珍《めずら》しい。ニートやろうが自分で起きたミュー」

キッチンで皿洗いをしていたミューちゃんに朝の挨拶《あいさつ》がわりに嫌味を言われてしまった。

「うっせーな。もふもふ魔獣」

なんか騒《さわ》がしい気がしたんだよな。

でも別に誰も大声なんて出しちゃいない。俺の気のせいか?

顔を洗って寝癖《ねぐせ》を直して、店の方を見てみた。

アーニャに挨拶をしようと思ったんだが、なんと来客中だった。邪魔《じゃま》しちゃ悪い。戻ろう、と思ったけど店にいたのは見知った客だった。

「あ、ヴィル様、おはようございます」

アーニャに気配を気づかれてしまった。

「申し訳ございません。いつも朝ごはんはお食べにならないので何も用意ができておらず」

「おはよ。いや、別にいいよ。昼までもう少しだろう?」

時計を見てみた。一〇時半だ。昼まで思ったよりあるな。早起きをし過ぎたか。ミューちゃんが驚くのも無理はなかったな。

来客者はギルドの査察担当リリアーナだ。

「ヴィルヘルム君、いま起きたんですか？　ちゃんと規則正しい生活を心がけましょうよ」

「あー、うっせ。お前はかーちゃんかよ」

「違います。女の子にそんなことを言うと嫌《きら》われますよ？」

「元々たいして好かれてもないけどな。ふあーあ……。寝直すかなあ。リリアーナはこんな朝早くから何の用だったんだ？」

「もちろんヴィルヘルム君の筋肉を触《さわ》りに来たんですよ？」

この筋肉フェチめ。

俺は胸を手でガードした。

「冗談《じょうだん》ですよ。二人きりのとき以外はちゃんと自重できる女ですからね」

二人きりのときも自重してくれ。お願いだ。

「今日は真面目な仕事の用事ですよ。私は誰かさんと違って働いていますので」

う……。朝から攻《せ》めるじゃないか。

俺の心臓に矢がクリティカルヒットした気分になったよ。

どうせ俺はひきこもりですよ。仕事なんてありません。

「具体的に言うとですね、クラーケンの件で〈グラン・バハムート〉が大金を稼《かせ》いだと聞きましたので、ヴィルヘルム君が使い切る前に回収しに来たのです」

ああ、それでドタバタしてたのか。おかげで俺が起きてしまった。

……アーニャが凄《すさ》まじくしょんぼりしているな。あとで事情でも聞いてみるか。

「用はもう終わったのか?」

「はい。お金はしっかり受け取りました。二〇万ゴールド頂きましたので、残り七五万ゴールドですね。二週間でちゃんとお支払《しはら》いくださいね。それでは失礼します」

背筋を伸《の》ばして綺麗《きれい》な足取りでリリアーナは店から出ていった。

アーニャが緊張《きんちょう》から解き放たれたように肩《かた》の力を大きく抜いた。ため息までついていた。

「あいつあんなに真面目で融通《ゆうずう》のきかないやつだったかな」

仕事ってイヤだな。人を平気でイヤなやつにしてしまう。

やっぱりひきこもりになるのが一番だよ。そうしたら、俺みたいに心が広くて穏《おだ》やかで優《やさ》しい素晴《すば》らしい人間になれるから。

あいつにもそうなって欲《ほ》しいもんだぜ。なんか仕事に追い詰《つ》められてそうだし。

◇

「申し訳ございません。お昼ごはんはこれだけでございます」

「は？」

白いお皿の上になんかの葉っぱが一枚だけのっかっている。

緑色の葉っぱだ。野菜……？　見たことがあるようなないような。やっぱり普通《ふつう》の葉っぱだよな。

「これ、拾ってきたのか？」

「いえ、プランターで栽培《さいばい》していた葉です。噛みしめると味がにじみ出てきますよ」

「あ……そう……。今日はまたずいぶん質素だな……」

お腹《なか》がバカみたいにむなしい音を立てた。

これじゃあ足りないと文句を言っているみたいで恥《は》ずかしい。ほとんどひきこもっている俺が文句を言える筋合いではないのに。

ちゃんと食おう。

「いただきます」

うん……。葉っぱだ。よく噛むと味が……する……ような……、しない……ような……。

うーん……？

　ダメだ。俺の舌では味は分からないし、この量だとお腹の足しにもならない。いったい何があった。

「アーニャ、正直に話してくれ。このギルドに何があったんだ。リリアーナに取られたのは本当に二〇万ゴールドだけか？」

「本当に二〇万ゴールドでございます。……元々、貯蓄《ちょちく》が尽《つ》きかけていたのです。もはや生活費もままならず……」

「お金を全部持っていかれたってことか。リリアーナは血も涙《なみだ》もないな」

「いえ、ぜんぶ私が悪いのです。支払うべきお金を支払えていないのですから」

「アーニャの年齢《ねんれい》で一〇〇万ゴールドも稼げるわけないだろう。リリアーナは働き手の年齢で大人なんだからもっと気を遣《つか》うべきだ」

「いえ、稼げないのでしたら、ギルドを畳むのがスジでございますから……」

　アーニャは頭の良い子だ。自分が置かれている状況《じょうきょう》をしっかり理解しているんだろう。

　だけど、理解はしていても打開策を何も思いつかないようだ。

　瞳《ひとみ》に力はなく、弱々しく肩をしょんぼりさせることしかできない。

　葉っぱを食べて、悲しい顔を見せる。

「これ、本当は紅茶に入れたり料理の香り付けに使う葉です。美味《おい》しくなくて申し訳ございません。晩ごはんはどうにかしますから」

「いや、どうにかならないだろう。金が無いんだよな」

「ご近所さんにまたお野菜を分けて頂きますから」

「そういうのに頼《たよ》り過ぎちゃダメだ」

　アーニャがますますしょんぼりした。

「そうですよね……。ヴィル様のおっしゃる通りです」

「働け、ニートやろう」

　ミューちゃんの言葉が刺さる。

　そうだ。ここは俺が働くべきだ。今日までの飯の礼があるし、俺はアーニャよりも稼ぐ力がある。年齢だけなら働き手だ。

「俺、今日はクエストに出てくるよ。帰りは夜になると思うけど、晩飯をぎりぎり買えそうな時間までにはお金を稼いでくる」

「申し訳ございません……。でも、決してご無理はなさらず」

　食事の場だというのに空気が暗い。

　俺も暗い顔をしているし、ミューちゃんも暗い顔だし、アーニャは思いっきりしょんぼり顔だ。

こんなに暗い食事はここには似合わない。これきりにしないとダメだ。

アーニャが何か言いたそうにしている。俺をちらっと見ては俯き、また俺をちらっと見ては俯くのを繰《く》り返す。

水を飲みながら待っていたら、アーニャは意を決することができたのだろうか、瞳に力を取り戻《もど》して俺の傍《かたわ》らにやってきた。

何を思い立ったのか両手で俺の右手を取る。

子供らしい手でありつつも、しっかりと女性の手になり始めている。俺は手の取り方に色気を感じてしまった。

アーニャは俺の手を取ってどうするのかと思ったら、想像よりもめちゃくちゃ意外なことをしてきた。

むにゅっと慎《つつ》ましくもとても柔《やわ》らかな部位に当ててきたのだ。

おっぱいだ。

アーニャのおっぱいだ。膨《ふく》らみ始めて間もないだろうに、しっかりと女性らしく、温かで柔らかで絶対無敵で逆らえない魅力的《みりょくてき》なおっぱいだ。

むにゅっ、むにゅっ。なんでか知らないけど、俺はアーニャのおっぱいを揉《も》まされている。

な、なんでだ。ひきこもりを興奮させてもいいことなんてないぞ？

「こ、このニートやろう……」

ハッ。すっかり堪能《たんのう》していた。ミューちゃんが怒《おこ》っている。当たり前だ。

「ちょっ。アーニャ。いったい何を。嫁入《よめい》り前の大事な身体でこんなこと」

アーニャは恥ずかしそうに身をよじった。

「そ、その……。はしたないことをしてしまって申し訳ございません。ですが、ヴィル様にご満足頂けるおっぱいなのかどうかをどうしても確かめてみたく」

「満足するに決まってるよ。超《ちょう》かわいいアーニャのおっぱいだもん」

アーニャが幸せそうにした。

「で、では、私は稼げそう……ですか？」

「はあ？　稼ぐって何で？」

「おっぱいで、です。夜のお店で男性にお酒をおつぎすれば、短期間で高額を稼ぐことができます」

「ソーダネ。……じゃないっ。ソーダネとミューしか言えない自分がもどかしいミュー。おい、ニートやろうっ。命がけでお嬢《じょう》を止めやがれミュー」

「お前に言われなくても分かってるよ。あのな、アーニャ。それはダメだ」

「ダメ……でございますか？」

途端《とたん》に泣き出しそうな顔になった。

キッチンがどんどん悲しい空気に変わっていく。

「やはり、私はまだまだ幼児体型。ウエストのくびれとかないですし……。言われてみたら際どいお洋服を着ても綺麗になんてなれないかもしれません」

「そうじゃなくて、アーニャを愛するみんなが悲しんでしまう。俺も、ソフィアさんも、ミューちゃんも、それに、アーニャのお父さんもだ。アーニャが身体を使って稼いで、それでギルドを存続させてもアーニャのお父さんは絶対に喜ばないぞ？」

「あ……」

アーニャの瞳に後悔《こうかい》がよぎった。

思い出したんだろう。父と二人でこのギルドを大事に大事に育ててきたことを。愛のあったはずのギルドを自分の軽はずみな考えで色に染めようとしていた。

アーニャの瞳の端《はし》に涙が浮《う》かぶ。

力なく、俺の手を離《はな》してしまった。

俺の手からおっぱいの感触《かんしょく》がなくなった。

「申し訳ございません。ヴィル様にお叱《しか》り頂くまで、私は当たり前のことが見えなくなっていたようです」

「それくらい追い詰められていたってことなんだな。でも、大丈夫《だいじょうぶ》だ。俺が稼いでくる」

「でもそれだと私は……。〈グラン・バハムート〉とヴィル様のために何かしたいのでございます」

「ミュー……」

「あ、ミューちゃんもです。もちろん忘れてませんよ」

良かったな。ミューちゃん。

俺はアーニャの頭を撫《な》でた。優しい手付きでいっぱい撫でた。アーニャの髪《かみ》がぐちゃぐちゃになっていく。

「ヴィル様、な、なにを。気持ちいいのですが、お客様商売なので髪のセットを崩《くず》したくなく」

「アーニャは良い子だな。だからやっぱり水商売は向かないよ。絶対にやめておこう。そのかわりと言っちゃなんだけど、俺がアーニャに戦い方を教えるよ。時間はかかるかもしれないけど、俺と同じくらいにクエストを攻略《こうりゃく》できるよう強くしてみせる。だから、それまでは俺をいっぱい頼ってくれ」

「ヴィル様と同じくらい……ですか？」

「ああ、そうだ。同じくらい、あるいはそれ以上だ」

「できるでしょうか。私、けっこうドンくさいところがあるのですが」

「いけるいける。ていうか、ギルドマスターはそのくらいになった方がかっこいいぞ」

「ヴィル様がおっしゃるのでしたら、できる気がしてきました」

アーニャの表情が戻った。

良かった。思い詰め過ぎて道を外したらどうしようかと思った。

いちおう俺は年齢的《ねんれいてき》にはアーニャの保護者的な立場だ。アーニャに何かあったら社会的に追い詰められるのは俺だろう。

アーニャが真《ま》っ直《す》ぐに生きて立派な大人の女性に成長していけるように、俺がちゃんと責任をもたないといけない。

あ、誰か裏口から入ってくるぞ。前にもこんなことがあったな。じゃあ、ソフィアさんだ。

「おっはよーっ。ってもうお昼かー。こんにちはーっ」

やっぱりソフィアさんだった。いつも元気だ。挨拶をくれたときに巨乳《きょにゅう》がぽよんと揺《ゆ》れた。今日はいつもよりも谷間がよく拝める服で素晴らしいと思います。

「あれ？　気のせいかアーニャちゃんもヴィル君も痩《や》せてない？」

おっぱい、いいなぁ。美味しそうだなぁ。

おっぱいって本能的に見ると豪華《ごうか》な食事にしか見えないよな。だって、赤ちゃんのときに毎日飲んでたし。

俺のお腹が大きく鳴ってしまった。ひどく情けない音だった。

アーニャのお腹も鳴った気がする。かわいい音だった。

「ちょっ、ええっ、なんで二人とも私のおっぱいを見てるのっ。え？　え？　変？　今日のお洋服は変？」

アーニャがジーッとおっぱいを見つめる。よだれが出そうな表情だ。

「いえ、お洋服はかわいいです。おっぱいが美味しそうだなって思っただけです」

「アーニャの言う通り。ソフィアさんのおっぱいは美味しそうだよな」

「待って待って、二人とも落ち着こうよ。もしかして催眠魔法《さいみんまほう》にでもかかってる？」

「私は正気ですよ。……ソフィアさんのおっぱいって母乳は出ますでしょうか？」

「アーニャちゃん、何言ってるの。出ないよっ」

なんだ出ないのか。ぜんぜん豪華な食事にならないじゃん。

あの大きなおっぱいには母乳はないのか。夢しか詰まってないんだな。はあーあ、期待した分だけお腹が空《す》いたぜ。

◇

「貴様を家から追放したと言ったはずだが？　えーと、名前はなんだったか。ヴィル……ヴィルなんとか君？」

「ひどっ。いくらなんでも長男の名前くらいは覚えてるでしょう。グレて不良になって家の高そうな壺《つぼ》を全部割りますよ」

「ふう……、残念だがまだ覚えているよ。ヴィルヘルムだったな」

ここは俺の実家。

俺の顔を見るなり、父のこめかみがピクピクしている。鬼《おに》のような形相だ。怒《いか》りが爆発する寸前なのがはっきり分かる。

顔を合わせただけでこの怒りよう。まともな話などできないかもしれない。

だが、それでも俺は父と話がしたい。しなければならない。そのために、俺は恥《はじ》をしのんで帰ってきたんだ。どうしても金の無心をしたくて。

「父上、お願いがあります。聞いてください」

父が深く深く息を吐《は》いた。

重苦しい息だった。いったい何年分肺に沈《しず》み込《こ》んでいた空気だよって感じだった。

「ヴィルヘルム、先に言っておくが、貴様の使っていた子供部屋という名の楽園なら、鍵《かぎ》を三種類もかけた上で封印魔法《ふういんまほう》を厳重にほどこし、兵を使って守備を固めさせている。いかに貴様が訳の分からん魔法や剣技《けんぎ》を使おうとも、そう安々と入ることはできんぞ」

嫌味《いやみ》ったらしく俺を見下ろしてくる。そこに愛は微塵《みじん》も感じなかった。むしろ嫌いなやつを追い詰めて喜びに浸《ひた》っている顔だった。

「そこまでしますか」

「するさ。当たり前だ。愛する我《わ》が子を更生《こうせい》させるためならば、父は血の涙を流してでも子に嫌われることをする」

「血の涙とかおっしゃってるわりに、顔が晴れ晴れしてますが」

「やーい、お前の帰る部屋なんてねーからー、なんて思っていないぞ」

思ってるんだな。

大嘘つきだ。

「これは父なりの愛だ」

「まあでも、そこはいいんです。俺の楽園は、おいおい取り戻しますから。それよりも父上、とても大事な話があります」

「そうか。就職する気になったか！　めでたい！　鯛《たい》を買って〈グラン・バハムート〉に送ってやろうか！」

「いえ、お金をください！」

「ふざけるなあああああ！」

思い切り右ストレートが飛んできた。俺はあっさり避《よ》けた。

「ちょっ、ストップ、ストーップ！　愛する子を殴《なぐ》るとか聡明《そうめい》な父上らしくないですよ！」

「これが殴らずにいられるかっ。父だって本当はこんなことはしたくない。殴られる貴様よりも私の手が痛むし、何より私のこの美しい心が酷《ひど》く痛む」

「大嘘をつかないでくださいっ。痛いのは父上に殴られるこの俺です。心だって痛いのは俺だけでしょう」

「まったくそんなことはないっ。というわけで、さあ、試《ため》してみよう！」

「ストップ、ストーップ。笑顔《えがお》で近づかないでください。普通に怖《こわ》いです。ホラーにしか見えませんっ」

良いストレス発散相手を見つけたと言わんばかりの顔だ。

父は腕をぶるんぶるんして、首をコキコキ鳴らし、俺にスキップするように近づいてくる。

ダメだこの人。早く言いたいことを言って貰《もら》えるものを貰って帰らないと、でないと俺がどんな日に遭《あ》うか分からない。

「ふっふっふー。良いストレス発散になりそうだ。さあ、愛する我が愚息《ぐそく》よ、父を愛しているのならば左の頬《ほお》を差し出せー。愛の涙を流しながら優しく殴ってあげようぞ」

「待ってください。愛があるのならば普通は殴りません」

「貴様が私に愛について説教するなど一〇〇年早いわ。さあ、さあ！」

「父上、〈グラン・バハムート〉にはお金がないんです」

「知っておるわー」

「なら、お金を！」

「それをなんとかするのが貴様の役目だ。さあ、殴るぞー。あ、そーれ！」

　あっぶねー。さっきより断然速い。

格闘家《かくとうか》の選手みたいに一瞬《いっしゅん》で間合いを詰めて右ストレートが来たぞ。俺の父は思ったよりもずっと強い。油断はできない。

「せ、生活費すら無い状態なんですが」

「貴様ならその日に食べる分くらい、すぐに稼げるだろう。なんのために学園に行ったのだ。歯を食いしばれ。あ、そーれ！」

うおおおおおおお。今度はキックだ。やっべー。頬をかすった。当たったら痛いどころじゃない。

　父には愛なんて微塵もない。長いあいだワンダースカイ家にこびりついていた汚物《おぶつ》を叩《たた》きのめせるのが嬉《うれ》しくてたまらないのだ。って、誰《だれ》が汚物やねん。

「なぜ避けるのだ」

「当たると痛いからです！」

「当たってくれねば父がつまらないだろう」

「当たったらお金をくれますか？」

「やらん」

　じゃあ、避ける。くそ、ケチケチ大王め。お金いっぱい持ってるくせに。

「父上、せめてパンだけでも頂けませんか」

「え、パンチ？　欲しいのか？」

「パンです、パン。食べるやつ」

「なんだ。つまらん」

「俺《おれ》はともかくアーニャは成長期です。昼は葉っぱ一枚だけでした。心配ですよね？」

「もちろん心配だが、私はこれ以上アナスタシアを甘《あま》やかす気はない。栄《は》えあるワンダースカイ家の長男を送ったのだ。これ以上の援助《えんじょ》があろうか。さあ、歯を食いしばれ」

「いやです！」

「口答えか！」

「当たり前です！　見損《みそこ》ないました！」

「私もそのセリフ言いたかった！」

「言えばいいじゃないですか！」

「見損なったぞ、このワンダースカイ家の汚物め！」

「すっきりした顔をしないでください！」

ふんっ、お互《たが》いに顔をそむけた。

しばらく顔なんて見たくない。こんな家、出てってやる。

あー、小さい小さい。親が小《ち》っさいとイヤだわー。

はあーあ……。なんとかなると思ったんだけどなぁ。後ろ手にドアを閉めながら父の部屋を出た。二度と帰ってくるなと大声で叫《さけ》ばれたが無視だ。

「ヴィル様」

執事《しつじ》のリチャード・セバスチャンがいた。

俺が出てくるのを姿勢よく待機してくれていたようだ。

今日もベスト姿がきまっていてかっこいい。

「悪いな。親子喧嘩《げんか》なんて超恥ずかしいものを見せてしまって」

「いえいえ、そんなことはございませんぞ。お二人が愛のある親子だからこその喧嘩でございましたから。この機会に言いたいことはしっかりと言うべきと思います」

リチャードが近づいてきた。

さっき身内に殴りかかられたんで自然と警戒《けいかい》してしまうな。

俺は身を固くした。

だが、警戒したようなことは何も起きなかった。ただ、リチャードが俺の服のポケットに物を入れただけ。

「これは？」

「お土産《みやげ》、でございます。ギルドのお嬢様《じょうさま》とどうぞ美味しいものでもお召《め》し上がりになってください」

これ、感触で分かる。お金だ。しかも、かなりたくさん入っている。

父がお金を渡《わた》さなかった手前、執事のリチャードは堂々と俺にお金を持たせることができない。だから、こっそりポケットに忍《しの》び込ませてくれたんだ。

感動した。これが本物の愛ってやつじゃないだろうか。

リチャードは幼少期から俺のことを見てくれている。俺にとってはもう一人の父のような存在だ。いや、むしろリチャードの方が本当の父かもしれない。あっちの父は偽者《にせもの》の父に格下げしておこう。うん、それがいい。

「心から感謝する」

俺はリチャードの手を取ってギュッと握《にぎ》りしめた。

こんなので俺の気持ちが伝わるかは分からないが、何も持っていない俺にはこんなことしかできない。

「春といっても夜はまだお寒うございます。寝冷《ねび》えに気をつけて、どうぞご健康に過ごされてくださいね」

ほっほっほと笑って、リチャードは去って行った。

リチャードの背中にもう一度感謝を述べて、俺は家を出た。

リチャードがくれたお金は、二人と一匹《ぴき》で生活するのに二週間以上は余裕《よゆう》でもちそうなほどの額だった。ありがたく生活費に使わせてもらおう。俺はリチャードに本当に感謝した。これで余裕が少しできたぞ。もう葉っぱは食べなくていいだろう。

家から商店街へと来た。

不思議な賑《にぎ》やかさがあると思ったら、祭りの準備が少しずつ始まっているようだった。みんな楽しそうに旗を立てたり「もう祭りの時期かい。早いねぇ」とか雑談したりしている。

「……そうか。もうすぐスプリングフェスティバルだったな」

花とフルーツの春の祭りだ。この広い街全体で協力しあって毎年開催《かいさい》されている。子供の頃《ころ》は俺もこの祭りが大好きだった。

ちなみに、俺は去年はひきこもっていたから参加していない。

今年も不参加かな。

祭りで遊ぶお金の余裕は、ちょっとありそうにない。

夜になるまでクエストで稼ぎまくった。

ちなみに、〈グラン・バハムート〉にはクエストが溜《た》まっていないので、俺が受けたのは良質なクエストの多い〈コズミック・ファルコン〉の方だ。

手数料が痛いが仕方ない。

クラーケンみたいな大儲《おおもう》けできるクエストが無かったのもつらいところだ。

一クエストあたり二〇〇〇から七〇〇〇ゴールドくらいのをたくさんやった。

クエストを複数、集中して攻略できるように同じ方面のクエストをまとめて受けた。でも、俺が達成できたのは一〇個ほど。四万五〇〇〇ゴールドしか稼げなかった。

俺は情けない男だな。必死に働いてもこれしか稼げない。

でも暗い顔は見せない。表情を戻してから俺は〈グラン・バハムート〉に帰った。

キッチンにいたアーニャに成果を報告して、お金を全て渡す。

「これ、少ないけど働いて稼いだお金だ。ギルドのために使ってくれ。あとこっちのお金は俺の身内からだ。生活費にあててくれ」

「こんなにたくさん……。さすがヴィル様です。凄《すご》すぎです。本当にありがとうございます。あと、ソフィアさんがパンをくれたんですよ。だから、晩ごはんはちょっと豪華ですよ」

「それは楽しみだな」

なにせ昼に葉っぱ一枚を食べてからロクなものを食べていない。

おいしいアーニャの手料理を食べないと、俺の空腹は満たされないだろう。

少しだけ待つ。いつもよりもだいぶ速いスピードでアーニャが晩ごはんをテーブルに出してくれた。

「こ……これ……は……？」

意外過ぎる晩ごはんだった。

「ちょっと豪華な晩ごはんでございます」

パンと、白いお皿ににぼしが一匹だけ。

「いやいやいや、ぜんぜん豪華じゃないぞ。それどころかむしろ質素過ぎるくらいだ」

「ソーダネ」

ミューちゃんも同意してくれた。だよな。質素だよな。

「ですが、我《わ》が家《や》には貯蓄が一切《いっさい》ありませんし、節約しないとうちはもうやっていけませんから……」

「いやいやいやいやいや、美味《うま》いもんを食わないと労働の意欲が湧かないだろ」

「ニートやろうが労働とか何を言いだすミュー。働く気を見せてから言うんだミュー」

「お前はちょっと黙《だま》ってろ。あとな、俺は今日は珍しく働いたからな」

「そうだったミュー」

腹が減っては労働なんてできない。

俺はアーニャを説得して、晩ごはんをちゃんと作ってもらうことにした。

まだ開いている店を探して、どうにか売れ残りの魚と野菜をゲットする。

これでちょっとした料理ができるだろう。

帰り道、アーニャは街がスプリングフェスティバルの準備を始めていることに気がついた。立てられた旗をぼんやりした瞳で見上げている。

「もうすぐ春のお祭りなんですね」

「だな。その頃にはまとまったお金が入ってるといいんだが」

これぱっかりは良いクエストが大量にないとダメだ。うまいこと良いクエストにめぐり合うといいんだが。

大手ギルドが一日でどの程度の量のクエストを補充《ほじゅう》するかは分からないが、明日はなるべく朝の早めに起きて良いクエストを探そうと思っている。昼に行っても良いクエストは他のギルド会員に取られてるだろうしな。

アーニャがしんみり歩いている。

どこか遠くを見ているようだ。

「〈グラン・バハムート〉は、毎年お祭りにフルーツケーキを出しているんです。お母さんが得意だったので。ずっと伝統で。一緒《いっしょ》に作ってくれていたギルド会員さんはもういなくなってしまいましたけど……」

「そっか……。俺も食ってみたかったな」

「申し訳ございません。来年はきっと……」

そんな悲しい顔をしないで欲しい。

俺がなんとかしてあげたい。なんとか頑張《がんば》って、今年もフルーツケーキを出させてあげたい。

でも、祭りまでの時間が短すぎる。あと二週間だ。今は祭りに出店するほどの余裕はできそうに思えなかった。

◇

ちょうど昼ごはんを食べ終わったあと、ギルドにお客さんが来た。

依頼《いらい》をしてもらえるのかとわくわくしたが、お客さんは〈コズミック・ファルコン〉のギルドマスターであるクララだった。

今日は頭にピンク色のでっかいリボンをつけている。服までピンク色だし靴《くつ》もピンク色。今日はピンクデーか何かなのか。

ちょっとピンクが強すぎて俺は目眩《めまい》がしそうだぜ。

クララが来たことでアーニャが嬉しそうに応対した。アーニャに尻尾《しっぽ》があれば喜んで振ってそうだ。

クララはやれやれ顔でアーニャとちょっと距離《きょり》をとりたそうにしているが、アーニャがひっついてくるので上手《うま》くいっていない。

「アナスタシア、ちょっとアナスタシア。今日は馴《な》れ合いに来たのではありませんわ。少し離れてくださいませ。あなた方がお腹を空かせていると人づてに聞きまして、家でパイを焼いてきましたので、みなさんでどうぞお食べになってくださいというのと」

「わー、ありがとうーっ」

クララが手に持っていた大きなカゴをギルドのカウンターに置いた。

かぶせてあった布をどけてみたら、まるでお店で売っているんじゃないかと思えるクオリティのパイだった。

これは今日と明日の食料の足しになるだろう。マジでありがたい。

「それともう一つ、あなたに言いたいことがあるのですわ」

「言いたいこと？　クララちゃん、なんでも言ってみて。私たちの友情に遠慮《えんりょ》は無しだよ」

「だから私たちはライバルであって友情は無いんですってば。まったくもう。私が言いたいのはちょっとしたクイズですわ。あなたに解けますか？」

「クイズ？」

「はい、ここでクイズです。今は春真っ盛《さか》りですが、春の名物といえばなんでしょうか？」

「うーん、桜？」

確かに春の名物だ。

桜は、はるか東の国から友好の証にはるばる運ばれてきて街に植えられた。

春にはその桜が満開になり、とても美しい景観を生む。街のみんなが毎年楽しみにしている花景色だ。

「ぶっぷーですわ」

クララが俺を見た。俺にも答えろってことか。

「じゃあ、イチゴ」

食べたい。

「ぶっぷーですわ」

またアーニャに視線を戻した。

「入学式かなぁ」

「俺はカンパチを食べたい」

ちょうど旬《しゅん》の魚だったはず。

「ソーダネ。あとタケノコを食べたいミュー」

「タケノコかー。ちょっと時期がズレてないか？　あれは春の初めに取らないとな。じゃないと大きくなり過ぎて固くなる」

「ぶっぷーですわ。どれも違《ちが》いますわ」

全部違うのか。

では、答えはなんだろうか。高まる期待。アーニャも俺もミューちゃんも期待の眼差《まなざ》しを送った。

　クララは偉《えら》そうに胸を張った。

「誰も解けませんのね。さすがは弱小ギルドですわ。クイズの答えは、スプリングフェスティバルですわ。春といえばこれに決まっています」

　ああ、なんだ。スプリングフェスティバルか。なんかがっかり。

　アーニャも俺もミューちゃんも失望の眼差しをクララに送った。

「クララちゃん、それは当たり前のこと過ぎてクイズとしては弱くない？　ちょっとがっかりだよ？」

「うぐっ。なら当てれば良かったですのに」

　と言いながら、みんなを失望させてしまってちょっと恥ずかしそうだ。

「……では、お聞きしますけれど、今年のお祭りの日は〈グラン・バハムート〉はどうされるおつもりですか？」

「ちょっと今年は出店できそうになくて……」

「あらあら、それはそれはとても残念ですわね。おーっほっほっほっほっほっほ」

　すげー嬉しそうだぞ。ライバルに勝った感でもあるんだろうか。

「そこでぜひご提案なのですけれど、よろしければお祭りの出店費用は私がお出し致《いた》しましょうか。もちろん、返済の必要はございません。これはただの善意ですわ」

「断る」

俺が代表して速攻《そっこう》で返事をした。「ソーダネ」とミューちゃんも同意した。アーニャもたぶん同じ気持ちだろう。

「あら、それはどうしてでしょうか？　良い話だと思うのですけれど」

「〈グラン・バハムート〉と〈コズミック・ファルコン〉は規模こそ違えどライバルだからな。こんなことで借りを作ってしまっては、いずれは〈コズミック・ファルコン〉に取り込まれてギルドを畳《たた》む日が来てしまう気がする。ライバルとしてのプライドは大事にしたいんだ」

チッ、と舌打ちされた。

見た目はお嬢様なのに品が無いですわよ。

「あとな、俺が出店費用を稼《かせ》ぐから何も問題ないんだ」

「まあそれは確かにそうですわね。うちのギルドのクエストを信じられない速度で攻略してくださって本当にありがとうございますわ。お陰様《かげさま》でますますギルドが繁盛《はんじょう》しておりますす」

ぐぬぬ……。〈コズミック・ファルコン〉が繁盛する分、〈グラン・バハムート〉への依頼がますます減っている。だが仕方がない。今はお金が必要なんだ。

「用はそれだけか？」

「いえ、もう一件ありますわ」

「アーニャと一緒にフェスティバルを回ろうねってお誘《さそ》いか？」

アーニャの瞳がキラキラしたが、クララの目はイヤそうにした。

「ふ、ふんっ。誰がそんなことをするものですか。ライバルですのよ、ラ・イ・バ・ル」

「他に一緒に回るお友達がいるのか？」

「うぐっ。……ええ、いますわよ。私、お友達は百人いますの。アナスタシアはせいぜいその百番目に入れてあげなくもないって程度の存在ですわ」

「え、私の他にお友達がいたの？」

アーニャがナチュラルに会心の一撃《いちげき》を与《あた》えたぞ。クララの心臓に矢が刺《さ》さったくらいの大きなダメージになっている。

「い、いますわよ。それくらいいますわ……」

「それはなんていう人？　私も知ってる人？」

「う、うるさいですわ。この話題は終わりです。次の用件にいきますわよ。さて、ここでクイズです」

またクイズかよ。

「春の名物といえばスプリングフェスティバルですが、そのスプリングフェスティバルの名物といえばなんでしょうか？　はい、アナスタシア。答えなさい？」

「うん。それはもちろん〈グラン・バハムート〉が売り出すフルーツケーキだよね」

「あれは美味《おい》しいですけれど、ぶっぶーですわっ。正解はギルド対抗戦《たいこうせん》ですわ」

ああ、確かにあるな。

人気があり過ぎて観客がたくさん押《お》し寄せる熱い戦いだ。

「ギルド対抗戦。それは祭りの花となる華麗《かれい》な戦いですわ。国から賞金も出ますの。出場資格があるのは、各ギルドに所属しているうら若き乙女《おとめ》のみ。細かい決まりはないですが、二四歳《さい》以下というのが暗黙《あんもく》の了解《りょうかい》ですわね」

アーニャもクララもソフィアさんも参加資格はあるってことだ。

「私、そのギルド対抗戦で〈コズミック・ファルコン〉の偉大《いだい》さを街の皆様《みなさま》に見せつけようと思いまして」

「クララちゃん、あのね、今年こそソフィアさんは勝つよ？」

「いーえ、今年はあなたが出なさい、アナスタシア。私も出ますわ。そこで長年の因縁《いんねん》に決着をつけましょう」

「因縁なんて何もないけど？」

「あーるーんーでーすーわ。空気を読んで、あることにしなさい。アナスタシアが負けたら〈グラン・バハムート〉は〈コズミック・ファルコン〉の傘下《さんか》に入ってもらいますからね」

「ええええっ！」

「約束ですからねっ。当日、逃《に》げて不参加になってもアナスタシアの負けですわ」

クララが小走りで出口に向かった。アーニャが反論する前に言い逃げするようだ。

一度こちらを振《ふ》り返って、スカートの裾《すそ》をつまんだ。

「それでは、ごきげんよう」

華麗にギルドから出ていった。

あんな挨拶《あいさつ》して出ていくやつは貴族でもほとんどいないぞ。貴族かぶれの庶民《しょみん》だなあ。

「うーん……、それなら私が勝ったら、クララちゃんのお友達のお名前を百人分教えてもらおうかなぁ」

それはやめてあげて。あんな貴族かぶれの難しい性格のやつ、絶対に一人もお友達がいないに決まってるじゃないか。

第5章 ★★★ ひきこもりは偉大なる王を呼ぶ

今日はクエストを十八個攻略した。

だけど、稼ぎがイマイチだ。Bランククエストが一個あったが、他は小粒《こつぶ》だったので七万ゴールドにしかならなかった。

このペースでお金を稼いでも期限までに一〇〇万ゴールドを国に納めることができない。〈コズミック・ファルコン〉の受付さんは凄い成果だと感心してくれるが、こんな稼ぎじゃあまだまだ足りない。

明日は別のギルドのクエストも見てみるかな。なんて考えながらギルドを出ようとする。

「ヴィルヘルム様ーっ、少々お待ちになってくださいませんか」

「どうした。クララ」

カウンターの奥《おく》からクララの声に呼び止められた。大きなカゴを持っている。かなり重そうだ。

「少々、荷物が多くなってしまいまして」

「なんだそりゃ？」

「〈グラン・バハムート〉へのお食事の差し入れですわ。パンとかお肉料理とか、いろいろ入っていますの。保存がきくものばかり作りましたから、今日でなくても明日のお食事のたしにでもしてもらえればと思いまして」

「マジか。クララは本当に良いやつだな。すげー助かるよ」

「〈グラン・バハムート〉のみなさんとは良きライバル関係ですから。お腹《なか》が減って自滅《じめつ》されても面白《おもしろ》くないですからね。困ったときにほどこしくらい致しますわ」

「本当にありがとうな。アーニャもきっと喜ぶぞ」

クララはもっと素直《すなお》な性格になってアーニャと仲良しこよしになればいいのに。料理を作ったとか言い訳を作らないと仲良くできないなんて、不器用過ぎるぞ。

カゴは俺が持って〈グラン・バハムート〉まで歩いた。まあ歩いたと言っても、かなりご近所さんだからすぐに着くんだけどな。

「ただいまー」

「お邪魔《じゃま》しますわー」

あれ、お客さんだ。もう夕陽《ゆうひ》も沈んだような時間に来るなんて珍《めずら》しいな。

濃紺《のうこん》の制服を着てるってことは公務員じゃないか。ていうか、俺の元同級生のリリアーナだ。

「ヴィルヘルム君、こんばんは。クララさんもこんばんは」

「ごきげんよう、リリアーナさん」

「ああ、こんばんは。公務員は一七時あがりじゃないのか？　夜に来るなんて残業か？　やめとけ、あっというまに過労死するぞ。しなくても鬱《うつ》になる」

「公務員は楽な仕事のイメージがついていますが、国家公務員の場合はしっかり残業がありますよ。国家公務員で一七時に帰れる人なんて空気を読めない人か仕事を貰えなくなった中年の方くらいですよ」

言葉が辛辣《しんらつ》だねぇ。

ダメな先輩《せんぱい》をたくさん見てきたって顔に書いてあるよ。

「私が今日残業をしたのは、折り入って頼《たの》みがあったからです。〈グラン・バハムート〉に、いえ、正確にはヴィルヘルム君、あなたにお願いしたいことがあります」

「俺？　筋肉？」

「違います。今日は真面目モードです。筋肉は別日にお願いします」

いやん。

「ギルドも関係あるお願いならアーニャも聞いていいか？」

「もちろんです」

ギルドの椅子《いす》に腰掛《こしか》けた。

テーブルを挟《はさ》んでリリアーナと俺が対面するように座《すわ》っている。俺の両隣《りょうどなり》にはアーニャとクララがいる。クエスト攻略《こうりゃく》からちょうど帰ってきたソフィアさんはアーニャの隣に同席した。

「これは国からの正式な依頼です。それも特別緊急《きんきゅう》案件と呼ばれる重大なものです」

リリアーナが依頼書《いらいしょ》を丁寧《ていねい》にテーブルに置いた。

高級そうな紙に美しい字体で丁寧な文章が書かれている。国から〈グラン・バハムート〉への特別なクエスト依頼だった。

アーニャが目についた言葉を読み上げてくれた。

「古代魔獣《まじゅう》の渡り、ですか？」

「はい、渡りと言っても一匹だけですが、それでも人類史に残るような大惨事《だいさんじ》を引き起こすと言われています」

だろうな。古代魔獣は人類が最も恐《おそ》れる大魔獣だ。

「古代魔獣と呼ばれる存在はとてつもなく巨大《きょだい》です。あのクラーケンの大きさをはるかに超《こ》えて、街に来れば全てを踏《ふ》み潰《つぶ》せてしまうほどの。あまりにも圧倒的《あっとうてき》過ぎる存在です」

「そうです。例えば、クラーケンの大きさはよく小さな島にたとえられますよね。それが古代魔獣だと山にたとえられます。街の西側に山がありますよね。小さな子供がよくピクニックに行く山です。あの山に足が生えてのっしのっし歩いてくる。古代魔獣の迫力《はくりょく》はそのくらいのものがあるとお考えください」

全員に緊張感《きんちょうかん》が走った。

確かあの山は王城の一番高いところの倍近いんじゃなかったか。そんなのに足が付いて街に来たらたまったものじゃないな。

民家とか一踏《ひとふ》みだろう。

これは軽い気持ちで聞いていい話じゃない。国が緊急案件として扱《あつか》うだけのことはある。

特にアーニャはギルドマスターの自覚からか誰よりも真剣《しんけん》になって聞いているようだ。

「あの、リリアーナさん、その古代魔獣がこの街に来てしまう理由って何かあるのでしょうか？　美味しい食べ物があるんですか？」

「古代魔獣は人を食べたりはしないですよ。大型生物を食べることはありますが、それは活発に動いている間だけです。基本的に彼《かれ》らは大自然のエネルギーをそのまま身体に摂取《せっしゅ》できる特別な生き物ですから」

「全てを、ですか？」

「といいますと？」

「世界には竜脈《りゅうみゃく》と呼ばれる大自然のエネルギーが集まる土地があるのですが、そこを独占《どくせん》してひたすら眠《ねむ》りながら栄養を吸収し続けるんですよ。何百年も、何千年もずっと。眠りながらエネルギーを身体に取り込《こ》む生活をするんです」

「なんだそれ、すげー羨《うらや》ましいな」

場にいる女性が呆《あき》れた目になった。

えー、だって羨ましいじゃないか。俺だって食《く》っちゃ寝《ね》生活をしたいし。

「ところが、ヴィルヘルム君も羨むそのぐうたら生活に異変が起きてしまったんです。つまり、古代魔獣がずっと居座《いすわ》っていた竜脈の位置が変わってしまった。原因に想像はつきますか？」

アーニャが真っ先に反応した。

「地殻《ちかく》変動、ですか？」

「その通りです。この街の近海ではここのところ大規模な地殻変動が起きています。その影響《えいきょう》で海底火山が爆発《ばくはつ》していますよね。その地殻変動のおかげで竜脈が大きくずれてしまった。それで古代魔獣は重い腰《こし》を上げて新しい竜脈に向かっているというわけです」

ひきこもりが移動するのは本当に腰が重いよな。気持ちがよく分かるぜ。

「リリアーナさん、その新しい竜脈っていうのは」

「おそらく、大陸の反対側の海の底です。そちらは地殻が安定していますから。ただ、そこに行くにはどうしても我々の住む大陸を渡る必要があります」

「私たちの住むこの街は、不運なことにその大陸を渡る道中にあるんですね」

「はい、残念ながら」

「つまり、この古代魔獣の渡りは、街が滅《ほろ》んでしまう大変な危機ということですね」

「その認識《にんしき》で間違《まちが》いありません」

つーかあれだな。クラーケンが浜辺《はまべ》に居座っていたのは古代魔獣に目を付けられないようにするためだったんだな。

いつぞやのミューちゃんとの会話を思い出した。ミューちゃんの洞察力《どうさつりょく》は凄いものがあるんだな。

ギルド内はどんどん重苦しい空気になっていく。

リリアーナの瞳《ひとみ》は緊迫《きんぱく》感に溢《あふ》れている。この案件がとんでもない危機だからこそ、夜の時間であることは承知で〈グラン・バハムート〉に駆《か》け込んで来たんだろう。

「〈グラン・バハムート〉の皆《みな》さんには、どうしても古代魔獣の歩く道を逸《そ》らして欲《ほ》しいのです。北西の方向に逸らして頂ければこの街はもちろん、他の街に行く恐れもなくなります。どうか街の全ての人々、それに国のためにも、ぜひよろしくお願い致します」

リリアーナが深々と頭を下げた。丁寧に、真剣に、俺《おれ》たちにお願いをしているのが伝わってくる。

リリアーナも追い詰《つ》められているんだろう。古代魔獣が街に来てしまえばパニックどころじゃない。一人の犠牲《ぎせい》も出さないために公務員として頑張っているんだ。学生時代から真面目で人思いなところのあるやつだったからな。

アーニャが少し誇《ほこ》らしげだろうか。

「こんな重大なご依頼を私たち〈グラン・バハムート〉にして頂けるだなんて。本当に光栄なことです」

それを聞いてクララは不満そうだ。

「むむ、確かにそうですわね。なぜこの重大なご依頼を〈コズミック・ファルコン〉にして頂けなかったのでしょうか。普通《ふつう》に考えたらうちにご依頼頂くのが正しいと思うのですが」

「〈コズミック・ファルコン〉には残念ながらヴィルヘルム君が、いえ、かつて誰よりも優秀《ゆうしゅう》だった大天才、魔眼《まがん》の勇者その人がいませんから」

俺に注目が集まった。照れるじゃないか。

「この難しい依頼、難易度設定をするのなら最高難易度であるAを超えたSでしょうか。それでもあなたなら達成できますよね。ね、魔眼の勇者さん?」

「俺か……。なあ、リリアーナ、このクエストの報酬《ほうしゅう》は」

「三〇〇万ゴールドです」

「は?」

「三〇〇万ゴールドです。つまり、〈グラン・バハムート〉が滞《とどこお》っている国への支払《しはら》いを済ませたうえでお釣《つ》りがたくさん出ます」

「ぜひぜひ喜んでやらせて頂きます!」

なんだよ、いいヤツかよ。

働き始めていっきに冷たいやつになったのかと思ったけど、やっぱり昔のまんまの面倒《めんどう》見《み》の良いリリアーナだった。

「さすがヴィルヘルム君です。受けてくれると思っていましたよ。この街の誰《だれ》よりも期待していますからね」

「ああ。誰よりも期待していてくれ。なあ、リリアーナ、同じ学園のクラスメイトだったから知ってるだろうけど、俺に達成不可能なクエストはこの世に無いんだぜ。相手がどんなに巨大で圧倒的な強さがあろうと、俺は必ず完全攻略してみせる」

「ええ、それを知っているからこそ〈グラン・バハムート〉に依頼を持ってきたんです。どうか私たちの愛するこの街を救ってくださいね」

早速《さっそく》、準備に取りかかった。

街の一大事だ。〈グラン・バハムート〉の三人、総掛《そうが》かりで挑《いど》むことになった。それにクララもついてくるそうだ。

各自、準備を整えて明日の早朝に出発することになった。

◇

古代魔獣は、二日後の夕方には街に到達《とうたつ》するだろうと予測されている。

対応する俺《おれ》たちはなるべく街の遠くで古代魔獣と鉢合《はちあ》わせしたい。そのために早朝出発を決めた。

待ち合わせ場所である街の東門に〈グラン・バハムート〉の三人は既《すで》に集まっている。

あとはクララを待つだけだ。

クララは準備に時間がかかっているんだろうか。一日で行って帰ってこられる距離じゃないからな。荷物は自然に多くなってしまう。

それに緊急だったから睡眠《すいみん》をじゅうぶんに取れていないかもしれない。

でも、古代魔獣は止まっちゃくれないから、クララはちゃんと時間通りに来てくれるといいんだが。

昨日、リリアーナに地形図を見せてもらった。もし、三つ目の山向こうで古代魔獣と鉢合わせできるのなら古代魔獣の進路を北西へとずらしやすい。

それよりも街に近い場所で古代魔獣と会ってしまうと北西へと続く道がほとんど無い。いや、あるにはあるが、人間用の道だ。古代魔獣の巨体《きょたい》が通れるような道じゃない。だからそこまで来てしまうとクエストの達成が困難になってしまう。

「でもなんで、クララはついてくるんだろうな。一円の儲《もう》けにもならないだろうに」

どっちに聞いたわけでもないが、反応してくれたのはアーニャの方だった。

「クララちゃんにはご両親から街のナンバーワンギルドを受け継《つ》いだというプライドがありますから。ですから、有事であるにもかかわらず国が最大手ギルドである〈コズミック・ファルコン〉を頼《たよ》らなかったことには、プライドをとても傷つけられてしまったんだと思います。本当は自分たちこそがこの依頼を受けるにふさわしいギルドだったと、クララちゃんは自分の目で古代魔獣をしっかりと見に行くことで、改めて判断したいんじゃないでしょうか」

「なるほどな。クララはプライドが高いもんな」

クエストを一つ取られたくらいで街のナンバーワンギルドの信頼《しんらい》は揺《ゆ》るがないだろうに。

俺が思っているよりもクララには余裕《よゆう》がないんだろうか。

「クララのご両親は事故かなにかか？」

「お母様はクララちゃんを生んで早々に……。お父様の方は、去年、病をおして国からの特別緊急クエストに出てしまい……」

「特別緊急クエスト？　まさか古代魔獣か？」

「いえ、はやり病の治療薬《ちりょうやく》を作るためのクエストです。素材となる手強《てごわ》い魔獣を大量に狩《か》る必要があったんです」

あー。俺がひきこもっている間にはやってたらしいあの病な。

珍しい植物系魔獣の毒に感染力《かんせんりょく》があったらしい。かかってしまうとんでもない高熱が出てしまうそうだ。それを採取してきたクエスト戦士がかかってしまい、瞬《また》く間《ま》に街中に広がってしまったんだと。

「って、病をおしてということは、まさか病人がクエストに出ていったのか？」

「はい……。クララちゃんも周囲の人も止めたのですが……、クララちゃんのお父様はとても男気に溢れる方で……。街のピンチに何もしないのは気持ちが許さなかったようです。

周囲の人が何を言っても、サムズアップして同じセリフを返すだけでした。心配すんな、俺に任せればぜんぶ大丈夫《だいじょうぶ》だからよ、って……」

へえ、かっこいいな。

「クララちゃんのお父様はクエストに出る前にうちにも寄ってくれました。病床《びょうしょう》にふしていた私の父にサムズアップして一言伝えたんです。心配すんな、俺に任せればぜんぶ大丈夫だからよ、と」

かっこいいな、おい。

「それでアーニャのパパはなんて？」

「へっ、てめーの助けなんていらねーよ。こんなの酒でも飲んでりゃすぐに治るからよ、って言ってました」

「ちょ、まさかそれで本当に酒を飲んだんじゃないだろうな……」

「私も周囲の人も必死に止めたのですが……」

「飲んだのか……」

「はい。瓶《びん》を呷《あお》るようにして」

あちゃー……。やっちゃったかー。

「そして、翌日にはぽっくりと天国へと旅立っていかれました……」

そりゃそうだよ。

「本当にご愁傷様《しゅうしょうさま》です……」

いやでも、俺は好きだぞ。そのひどいバカさ加減。

「ちなみにクララのパパはその後はどうなったんだ？」

「遠い山へと入っていき、病の原因となった植物系魔獣の天敵である草食魔獣の群れを発見しました。そして、血の滲《にじ》む死闘《しとう》を繰《く》り広《ひろ》げました。何体も何体もお一人で立ち向かっていかれて……。そして、得た素材を仲間のギルド会員に託《たく》して天国へと旅立たれていかれました。最後にサムズアップしてこう言ったそうです。な？　俺に任せればぜんぶ大丈夫だったろ？　と」

うわー、かっこいいな、おい。

それに比べてアーニャのパパは……。いや、俺は好きだけどさ。

なんか二つのギルドの求心力の違いの理由が分かった気がする。そりゃー、クララのパパがいたギルドに人は集まるだろうなって思う。

しかし、父親のかっこよさの差はあれど、アーニャとクララは同じ境遇《きょうぐう》なんだな。共に若くして唐突《とうとつ》にギルドを受け継いだっていうね。

アーニャは潰れそうなギルドを繁盛させようと頑張っているし、クララは国から一番信頼のあるギルドでいようと努力している。

どちらも、頑張り屋さんだ。

もしかしたら、アーニャとクララって、今よりももっと仲良くなれるんじゃないだろうか。二人のパパ同士のように。俺にはそんな気がしている。

「お待たせしましたわ。みなさんお揃《そろ》いですのね」

噂《うわさ》をすれば影《かげ》。クララが来た。

ちゃんと荷物は多すぎず、それほど大きくないリュックにぜんぶ入っているようだ。服装はいつものひらひらドレスではなく、動きやすいショートパンツ姿に白タイツ。足には丈夫《じょうぶ》そうなブーツ。これなら山を何時間でも歩けるだろう。

おしゃれ優先な子かもと少し心配をしたが、ちゃんとギルドマスターをやっている自覚はあるようだ。いらない心配だったな。来る時刻も約束よりも三分早かった。

「よし、じゃあ、行くか。ちょっと遠いし時間の余裕は無いから、俺の風魔法《かぜまほう》で全員の歩く速度を上げて進もう」

なんだそれって感じで、三人とも首を傾《かし》げた。

いくら風魔法で背中を押したり、足を軽《かろ》やかにすれど、山を二つも登ったり下ったりすればものすごく疲《つか》れる。

俺は明日また筋肉痛になるだろう。まあさすがに全身筋肉痛で動けなくなるほどではないと思うけど。

……ちょっと前まで俺はひきこもりだったのに、ずいぶん遠くまで来られるようになったもんだな。

後ろを向いても山が邪魔をして街はまったく見えない。帰りたくても今日中には帰れないくらいに長距離《ちょうきょり》を移動してきた。

街が恋《こい》しくなる。

「これが終わったら、またひきこもりに戻《もど》りたいもんだな」

一人、呟《つぶや》いた。ああ、帰りたい、俺の楽園に。

あと、アーニャの作ってくれたごはんを食べたい。それだけで俺はもう最高に幸せだ。

薪《まき》に火を点《つ》ける。優秀な俺は一瞬《いっしゅん》で点火に成功した。

あと、魔獣が入ってこられないように魔法の結界を周辺に張った。

これで野営の準備は整った。

夜に山を進むのは厳しいし、ここで野営をする話でまとまっている。

今、三つ目の山の中腹を越えたところだ。ここらでひときわ高い山だな。

見える景色は絶景としかいいようのないものだった。もう夕方で山がオレンジ色に染まっているのが余計に素晴《すば》らしい。

ちなみに、女性陣《じょせいじん》は川で水浴び中だ。三人が戻ってきたらみんなで晩ごはんをとることになっている。

「いやあああああああああああああああああああ！」

クララの声だ。

元気いっぱいだな。いったい何をはしゃいでいるのやら。

「ひいいいいいいいいい。ヴィル様、ヴィル様あああああああ！」

アーニャもか、二人とも体力が余っているんだろうか。

「なんだ。どうかしたのか？」

「うわー、待って。こっちを見るのは禁止だよっ。アーニャちゃん、クララちゃん、私の後ろに隠《かく》れてっ！」

「なにを言ってるんですの？　むしろ隠さないといけないのは誰よりもソフィアさんのお身体ですわよ。さ、後ろにお隠れになって！」

うわ……。すげ……。

振り向いてみたら、ソフィアさんのおっぱいとか、クララのおっぱいとか、アーニャのおっぱいとかが丸見えだった。

俺には刺激《しげき》が強い。すぐに視線を逸らした。

「どういうサービスだこれは？　一緒《いっしょ》に水浴びをしようってお誘いか？」

「違うよ、ヴィル君。クマが出たんだよ。早く退治してきて」

「あー、出るだろうなそりゃ。山の中だし。ったく。かわいそうだから追い払《はら》うだけな」

クマは魔獣じゃない。別に殺す理由もないし、追い払えば十分だろう。

川に出て火の魔法でささっと追い払った。

これくらいギルド戦士なら楽勝でやって欲しいもんだね。たとえ裸《はだか》でもさ。まあ良いものを拝めたからいいけどさ。


夜になった。

焚《た》き火《び》の傍《そば》ならいいが、ここを少し離《はな》れたらもう何も見えない真《ま》っ暗闇《くらやみ》だ。街の中では味わえない暗さだな。

少しテンションが上がっている。暗いのにテンションが上がるなんておかしいかもしれない。

焚き火のせいかもしれないな。火の勢いが心を熱くしているのかもしれない。

あと、星空の想像を超えた凄《すご》さもテンションを高くしてくれている。街では見られない夜空の絶景だ。

「クララちゃん、このお肉美味しいよ」

アーニャが食べているのは昨日クララが差し入れに持ってきたローストビーフだ。

本当は昨日の晩にでも食べる予定だったが、保存がきくので携帯食《けいたいしょく》として運んで今日食べることにした。特製のタレが絶妙《ぜつみょう》で俺からしても本当に美味しい。

クララはアーニャに負けず料理上手なようだ。

「それは良かったですわ。さあさあ、たくさんありますから、みなさんもいっぱい食べてくださいね」

もちろん遠慮《えんりょ》なく頂いている。

ちなみに、ローストビーフの他にも、ソフィアさんが持ってきた塩漬《しおづ》けの鶏肉《とりにく》を鉄板で焼いたり、アーニャが持ってきた野菜を焼いたり、クララの持ってきたパンにチーズをかけて焼いたりして食べている。

どれも本当に美味しかった。

一人で野営をしていた学生時代にはこんなに美味しい晩ごはんは無かった。保存のきく干し肉や固いパンにかじりついていた思い出しかない。

女の子と一緒だと野営でも食生活が変わるもんなんだな。ありがたい気持ちでいっぱいになった。

鶏肉をフォークで頂く。ああ、塩加減と胡椒《こしょう》がいい感じだ。

なんだかアーニャがうきうきしているな。

目を輝《かがや》かせていてかわいらしい。

アーニャがうきうき顔のままクララに声をかけた。

「こうして火を囲んでいるとスプリングフェスティバルを思い出すね」

「はい？　なんでですの？　ああ、分かりました。夜にキャンプファイアーがありますものね。夜通し歌って踊《おど》って、確かに思い出せないこともないですわ」

「うん。ねえ、歌っていい？」

「どうぞご自由に」

「じゃあ、歌っちゃおうっと」

アーニャが天使みたいなかわいらしい歌声を響《ひび》かせた。

耳に心地《ここち》いい声だ。

俺は幼少期に母の歌を聞いていたのを思い出した。自然に温かな気持ちになれる歌声だ。

ソフィアさんも一緒になって歌い始めた。

これまた素敵《すてき》な歌声だ。

さあ、クララ、お前も歌う番だぞ。

クララに視線を送ってやったけど、イヤそうにされるだけだった。むしろ俺に歌えよと視線が返ってくる。いやいやいや、男の俺の歌なんて誰も求めてねーよ。さあ、歌え、歌うのだクララよ。

ソフィアさんが手拍子《てびょうし》をする。

俺もその手拍子に合わせた。

クララが歌う場は整えた。さあ、歌えー。

ぷいっと顔をそむけられてしまった。このプライドの高い恥《は》ずかしがり屋《や》さんめ。

しかし、顔をそむけた先にはアーニャがいた。

アーニャが楽しそうにクララを見る。手を差し伸《の》ばした。

「クララちゃん、一緒に踊ろう?」

「イヤですわ」

「楽しいよ?」

「知らないですわ。どうぞお一人でお踊りになってくださいませ」

「クララちゃんと踊りたいなー」

「でしたら、スプリングフェスティバルのギルド対抗戦で私に勝って優勝でもしてください。そのくらいして頂かないと私は死んでも踊りませんわ」

ツンツンだな。もっと柔《やわ》らかくなればいいのに。

アーニャがちょっと悲しそうにした。でも、強要はしない。また優《やさ》しい綺《き》麗《れい》な声で歌い始めた。

「よし、アーニャちゃん、私と踊ろうか」

「ソフィアさん、いいんですか？　喜んでお願いします！」

さすがソフィアさん。アーニャが元気に立ち上がった。

しかし、二人が踊るとなると歌う人がいないな。

クララ、さあ歌う番だぞ。

視線を送ったら、また顔をそむけられてしまった。クララがくすっと吹《ふ》き出す。

「じゃあ、ヴィル君、きみが歌ってね」

なんでだソフィアさん。俺の歌声なんて、歌声なんて。

まあ、いいか。どうせ夜の山の中だ。クマとかしか聞いてないし。

あー、しかし、歌とかひさしぶりだぞ。優秀な俺は音痴《おんち》ではないはずだが、今でもちゃんと歌えるかどうかは自信がない。

アーニャとソフィアさんがくるくる踊る。

ときに離れ、ときに手を繋《つな》ぎ、笑顔《えがお》で身体をいっぱい動かす。華《はな》やかで楽しい。笑顔なのがポイント高い。

俺の歌声と手拍子が静かな山に響いていく。

音痴なのか、上手《うま》いのか、誰も何も言わないから分からない。ただ、クララだけは両手で口を押さえて楽しそうに笑っていた。

◇

明け方。日の出と共に女子三人は目が覚めたらしい。

俺の目の前に焼きたてのジューシーなサンドイッチがあったのには驚《おどろ》いた。俺は香りに引かれて起きたらしい。ちょっと笑われた。

顔を洗ってからすぐに食べた。

ちょっと胃に重かったが、とても美味《おい》しかった。パワーが漲《みなぎ》るね。

全員が食べ終えたら、すぐに野営をかたして、山道を進んだ。

二時間ほど歩いていくと、山の反対側にようやく出た。

実は俺は山を越える十分ほど前からとんでもない生命力の圧を感じていた。だからとんでもない化け物みたいな魔獣がいることには気がついていた。

だけど、実際に目《ま》の当たりにしたその魔獣は、俺が警戒《けいかい》して想像していたやつよりもはるかにずっと化け物だった。

「でけぇ……」

山に超巨大《ちようきよだい》なトカゲが張り付いているように見えた。

顔の大きさだけでもう驚いたなんてものじゃないぞ。巨大な岩山が動いているのかと思ったよ。よく見れば目があるし、恐ろしい牙《きば》を持つ口まである。

体高はどれくらいだ。王城よりも間違いなく高いだろう。

しかも、全長的にも凄すぎる。

尾《お》まで含《ふく》めるとどこまで続くんだろうか。ちょっとここからは見えないくらいだ。

これが何万年も生きている地上最大で最強である古代魔獣の一種。全ての生命を凌駕《りようが》した存在だってはっきり分かる。こいつの前では人間なんて微生物《びせいぶつ》同然だろう。

古代魔獣は何種類も存在するが、これの見た目は翼《つばさ》の無いドラゴンだ。獰猛《どうもう》そうな目は真っ赤で、牙は鋭《するど》く、身体は厚すぎる鱗《うろこ》に覆《おお》われている。その鱗は長年の歴史を感じさせるヒビやコケでいっぱいだ。

こんなどでかい存在が息をして動いているのが信じられない。生命力と重量感の圧だけで気を失ってしまいそうだ。

山が怯《おび》えている気配を生まれて初めて感じた。古代魔獣は腹が減ったら山ごと食ってしまうって伝説があるが、あれは本当のことなのかもしれない。

あいつから見たら俺たちなんて、周囲の木々ごと丸かじりにできそうなくらいちっぽけな存在だろう。

一歩一歩、時間をかけてしっかりと地面を踏みしめて歩いている。

そのたった一歩だけで、俺たちのいる地面がものすごく震動《しんどう》する。気を抜《ぬ》いたら尻《しり》もちをついてしまいそうなほど強烈《きょうれつ》な震動だ。しかも、足音の大きさが半端《はんぱ》じゃない。耳を塞《ふさ》ぎたくなってしまう。

大きな目がゆっくりと瞬《まばた》きをする。やつの鼻から息が漏《も》れ出した。あいつにはなんでもない鼻息ですら、俺たちの心臓を押《お》しつぶしてきそうな重低音を鳴り響かせている。

古代魔獣は一歩一歩こそ遅《おそ》いが、確実に俺たちのいる場所へと近づいてきている。山の間を縫《ぬ》うように歩いて行けば、やがて俺たちの住む街についてしまうだろう。

アーニャが俺の腕《うで》につかまってきた。

「ヴィル様、あれがもしも街に来てしまったら、潰されるどころではありませんよ」

「そうだな。ていうか、あいつがくしゃみをしただけで街の店や家が丸ごと吹っ飛びそうだな」

「なんと恐ろしい生命なのでしょう。私たちのすぐ目の前にいるのに、圧倒的過ぎて現実感がまったくありません」

「ねえ、ヴィル君、私たちであれをどうにかするの？　ていうか、あんなのを人間にどうにかできるの？　クラーケンよりずっと大きいよね」

ソフィアさんが自信なさそうにした。

「無理でもやるっきゃないでしょう。……実際に見てみたら、三〇〇万ゴールドじゃぜんぜん足りなかったですね」

俺は荷物を下に置いた。軽く伸びをする。

「しょ、正気ですの？　あれほどの巨体が相手ですと剣《けん》も魔法も絶対にきかないですわよ。街に走って避難《ひなん》を呼びかける方が懸命《けんめい》ではありませんか。違《ちが》いますか、ヴィルヘルム様」

「ぜんぜん違うぞ、クララ。俺は絶対にクエストを達成する。そこでしっかり見ててくれ。今から俺のとっておきを見せてやるよ」

「万が一、あれが私たちに気がついて反撃《はんげき》でもされたら終わりですわよ」

「それもぜんぶ俺がなんとかするさ。俺は優秀だ。だから一つも心配はいらないぞ」

さあ、やろうか。

相手は信じられないほどの巨体だ。あのクラーケンがかわいく見えるほどの巨体。

普通に考えたら人間があれに対抗《たいこう》する手段はないだろう。クララの言う通り、街に戻って避難を呼びかけるのが一番だ。

歴史の講義を思い出したんだが、人類は古代魔獣から逃《のが》れるために街ごと移転したなんていう話がちらほらある。

人類の街がわりと辺鄙《へんぴ》なところにあったりするのは、古代魔獣に踏み潰されない土地を選んだ結果だ。なんていう学説もあったっけ。

俺たちの住む街だって、崖《がけ》のふもとに隠れるようにしてできたところから発展したって習った。

人類は古代魔獣には絶対に敵《かな》わない。それがこの世界の常識だ。

だが、俺は常識を超えた天才だ。

だから、古代魔獣への対抗手段くらい持っている。

――そう、あれは俺が優秀な学生だった頃《ころ》の事だ。

なんでもない日の昼休みに、俺は偶然《ぐうぜん》にも学園の大図書館の片隅《かたすみ》に封印魔法《ふういんまほう》を発見した。

魔力《まりょく》が低いとその封印魔法の存在にすら気がつけないような超高度《ちょうこうど》なものだった。しかも、何重にも封印魔法がかけられていたもんだから、俺は気になってしょうがなかった。その封印魔法は優秀な俺にしか察知できないものだった。

みんなには信じてもらえなかったけど、俺は三ヶ月もかけてその封印魔法を突破《とっぱ》。その先にあったのは研究室だった。何の研究だろうと思えば、それこそが魔王《まおう》しか使えないと言われていた「極限魔法」のものだった。

おそらくは、かつて魔王と呼ばれた者が密《ひそ》かに使っていた研究室なんだろう。

魔王が学園の卒業生だったのは意外だったが、研究内容は非常に興味深かった。だから俺はそこに残っていた研究の全てを学び、習得してみせた。

習得したのは例えば、「偉大《いだい》なる竜の王を召喚《しょうかん》できる魔法」だな。

俺は集中した。魔力を爆発的《ばくはつてき》に高めていく。

魔力を高めて高めて、周囲の魔力までも集めていく。魔力の奔流《ほんりゅう》で風が発生してアーニャとソフィアさんのスカートをめくりあげた。だけど集中しているから気にならない。純白と大人っぽい黒だった。集中しているから気にならない。白と黒。すぐに忘れるだろう。白と黒。脳の記憶《きおく》領域に大事に保存したりなんてしていない。ていうか、クララよ、なぜスカートでなかったんだ。ついでに見たかったぞ。いや、集中、集中だ。

……むむむ、古代魔獣と目が合った気がする。

あいつにとっては俺なんて砂粒《すなつぶ》みたいな存在だろうに。俺の魔力が高すぎて察知されたのかもしれないな。

それでも俺は、魔力を最大まで高めていく。

個人の力を超《こ》え、世界を揺るがすような極限の魔力を、いや、そのさらに向こう側の人類史上誰も到達できないような極限の極限にまでたどり着く。

「さあ、見せてやるぜ、本物の魔王の極限魔法を。しかも、その中でも究極中の究極とも言える圧倒的《あっとうてき》な召喚魔法をなっ！」

「ヴィル様のお瞳がっ」

「あなたなんなんですの、いったいそのお瞳は、それにこの圧倒的過ぎる魔力はっ。人間の常識を圧倒的に超えていますわっ」

「ヴィル君、古代魔獣《まじゅう》がこっちを見てるよ。ヴィル君を敵って認識してる。大丈夫なのっ」

「もちろんですっ」

俺の目はあの魔獣と同じようになっているんだろう。長い年月を生きて超巨大な身体を動かせるほどの莫大《ばくだい》な魔力を手にしたあの古代魔獣と同じ目だ。

それを一七年しか生きていないのに扱えてしまうのが優秀なこの俺だ。

「これが俺の魔眼」

俺はアーニャに少しだけ意識を向けた。

「……なあ、アーニャってさ、たしかギルド名になっている偉大なる竜の王様に憧《あこが》れているんだったよな？」

「は、はい。バハムートは私が小さい頃からの憧れですが」

俺は両手を前に出した。

「今から会わせてやるよ。いくぜ、極限中の極限魔法だ。さあ、来いよ、最強の召喚獣、竜の頂きに存在する王の中の王。お前の名前を呼んでやる。俺の支配下となって召喚されやがれっ、〈バハムート〉！」

目の前にありえないほどの魔力の奔流が発生した。

それが強烈な暴風を、いや、大爆風を呼び起こした。

嵐《あらし》なんてものじゃない。息ができない。

木々や岩が吹き飛んでいく。

来る。来るぞ。最強の力を持った竜の王が。バハムートが。

魔力の奔流から竜の顔が現れた。

首が出て、手が出て本体が出て、大きな大きな翼が出た。そして、足が出て、力強く大地を踏《ふ》みしめ、長い長い尻尾《しっぽ》が大きく揺れた。

「グギャアアアアアアアアアアアアアアアアアアアアアアアアアアアアアアア！」

信じられないくらいの大音量の威嚇《いかく》だ。

鼓膜《こまく》が破れそうだ。ていうか、心臓が破裂《はれつ》するかも。

長い、長い。耳を塞がずにはいられない。威嚇の迫力《はくりょく》がでかすぎて山が抉《えぐ》れていく。地面なんて揺れたなんてものじゃない。アーニャもクララもソフィアさんも尻もちをついてしまった。

「グオオオオオオオオオオオオオオオオオオオオオオオオオオオオオオオオ！」

古代魔獣が威嚇を返した。

こっちの音もやばい。大爆音過ぎて身体中《からだじゅう》が痛いし痺《しび》れた。

古代魔獣は驚いたんだろう。

なにせ、いきなり目の前に自分よりも圧倒的に大きいドラゴンが現れたのだから。

そう、古代魔獣よりもはるかにバハムートの方が大きい。身体の大きさだけで古代魔獣より一回り以上は大きいんだ。

口を大きく開けば古代魔獣の鼻先を丸かじりにできそうだ。翼を広げれば古代魔獣の巨体をほとんど包《つつ》み込《こ》めるだろう。

生物は自分より大きな存在には恐怖《きょうふ》を抱《いだ》くもの。

ましてやバハムートは竜《りゅう》の王と呼ばれているほどの圧倒的な存在だ。古代魔獣にとってはたまったものじゃない。誰がどう見たってバハムートは敵わない相手なのだから。

だが、ただで負けるのはイヤだったんだろう。

古代魔獣が地面を抉って潰《つぶ》しながら駆《か》けてきた。とんでもない地震《じしん》が発生する。俺も女子勢も震動で身体がぽーんと跳《は》ねてしまった。

古代魔獣が重そうな前足を振《ふ》り下ろしてバハムートの腹に爪《つめ》を立てた。

だが、きかない。

バハムートの鱗はそんな生易しいものじゃなかった。

逆にバハムートが爪を立てて古代魔獣を強く押し返した。古代魔獣の鱗が傷つき肉が切り裂《さ》かれた。

バハムートの口に圧倒的な魔力が溜《た》まる。

俺でもぞくぞくするね。もしもバハムートがあの魔法を発したら、目の前一帯が地平線に変わるだろう。土も川も木々も山も、ありとあらゆる存在を消滅《しょうめつ》させてしまう怖《こわ》さを感じてしまう。

その怖さをあの古代魔獣もはっきりと感じたようだ。

肩《かた》をしおれさせ、尻尾を地面に下ろし、怯えの表情を見せた。

古代魔獣はあの恐《おそ》ろしい瞳《ひとみ》になんとも弱そうな敗色の色を見せている。まるで大人の犬との喧嘩《けんか》に負けた仔犬《こいぬ》の目だった。

真横を向いて、バハムートには一瞥《いちべつ》もくれずに逃《に》げ去っていく。

その逃げ去った方向は、北西の方角だった。あらかじめリリアーナと相談していた方角と同じだ。

もう戻ってこないだろう。ここにはバハムートがいる恐怖を味わったはずだから。

緊急《きんきゅう》クエスト、完全達成だ。

用を終えたので、俺は命令してバハムートには帰ってもらった。

古代魔獣とバハムート、大きな生命力が二つ分いなくなった。非常に落ち着かない。

山がそわそわしている。

木も鳥も動物も魔獣も、ついさっきまで気が気じゃない時間を過ごしていたのが伝わってくる。

俺だって心臓がばくんばくん言っている。自分で召喚したにもかかわらず、初めて見るバハムートの存在感はそれほど圧倒的だった。

あれは間違《まちが》いなく竜の王様だよ。いや、竜の王様に止《とど》まらないかもな。全ての生命の王と言っても過言ではないかもしれない。

「す、すごいものを見ちゃったかも」

俺《おれ》もすごいものを見てしまった。ソフィアさん、尻もちをついて足を開いているから丸見えですよ。

アーニャも同じような姿勢だ。

二人とも美しい。

「あの子が……私の憧れていた……バハムート……。偉大なる、竜の王。まさかこの目で見られる日がくるなんて。なんてかわいいんでしょうか」

かわいいの使い方を間違ってないか？

かっこいいと言って欲《ほ》しかった。

「ヴィル様は……やっぱり凄い人でした。本当に……尊敬しますっ」

アーニャに褒《ほ》めて貰《もら》えて光栄だな。

うお、クララが泣いている。すげー悔《くや》しそうに泣いている。なんでだ。

「く、悔しい……ですわ……。うちのギルドでは、この緊急クエストは、絶対に達成、できませんでした……。それが、とても悔しいです。あと……、なんなんですの……、あの竜は。圧倒的で感動すら覚えましたわ……」

「クララちゃん……」

アーニャが立ち上がった。そして、ゆっくりとクララのもとへと向かう。

優しい表情でゆっくりとクララに手を差し伸べた。

「こういう大変なクエストがあったときにはこれからは協力し合おう？　私たちで手を取り合って、お互《たが》いのギルドを高めていこうね」

「絶対にイヤですわっ」

パチーンと即座《そくざ》に手を払いのけた。

俺もソフィアさんもアーニャも唖然《あぜん》とした。そこ、普通《ふつう》払いのけるか？

クララは立ち上がった。腕を組んで偉《えら》そうにする。

「調子に乗らないでください。私のギルドが上で、アナスタシアのギルドが下にあるのがいいんです。これは絶対ですわっ。互いに手を取り合うのではなく、私が一方的にアナスタシアにほどこしを与《あた》えるのが気持ちいいんですわよっ」

「あはは、それってすっごくクララちゃんらしいねっ」

アーニャは優しくほほえんだ。

でも、クララはけっこうひどいことを言ってないだろうか。クララの性格のひねくれ具合がよく分かった気がする。

「アナスタシア、これで勝ったと思わないでくださいね。私たちの本当の対決はギルド対《たい》抗戦《こうせん》ですわよ。私はぜ――ったいに負けませんわ。〈コズミック・ファルコン〉の名誉《めいよ》にかけて、〈グラン・バハムート〉を打ち倒《たお》させてもらいますわっ」

「うん、受けてたつよっ。私、強くなりたい。ヴィル様みたいに強くなりたい。だから、お祭りの大会くらい、私が簡単に優勝しちゃうからねっ」

「言いましたわね。それでこそ私のライバルです」

「ライバルで、一番の友達だよ？」

二人でかわいらしく、拳《こぶし》をぶつけあった。

案外、この二人は生涯《しょうがい》の大親友になりそうだ。俺にはそう思えた。

ちょっとうらやましいぞ。だって、ひきこもりには友達なんて一人もいないからな。

第6章 ★★★ ひきこもりは夜通しくるくる踊る

「いいかげんに起きなさああああああああああああああああい！」

「うおあああああああああああああああああああ！」

布団《ふとん》にしがみついて寝《ね》ていた俺は、容赦《ようしゃ》なく布団を奪《うば》い取られてベッドから無様に転げ落ちた。

なんて乱暴な起こし方だ。

「ったく、ミューちゃん、朝はもうちょっと優しく起こしてくれよ。俺は朝には弱い可憐《かれん》な貧血《ひんけつ》男子なんだから」

「朝ではありませんし、あなたのそれは貧血ではなくてただのお寝坊《ねぼう》さんです。もうお昼ですよ。まったくもう、学生の頃から一ミリも成長していませんね」

「ん～？　ミューちゃんか？」

重たい目蓋《まぶた》を開けてみた。

俺としてはまだ寝ていたいけど、起こされてしまってはしょうがない。

「あー、委員長かー」

「ヴィルヘルム君、寝ぼけているんですか？　私が委員長だったのは三年前ですよ」

「三年前？　は？　うおっ、リリアーナじゃないか。めっちゃ寝ぼけてた。なんでこんなところにいるんだよ。アーニャの家だぞ」

学生時代の俺って誰《だれ》よりも優秀《ゆうしゅう》だったけど残念なことに寝坊癖《ぐせ》があった。

そんな俺を毎朝起こしてくれたのは、他でもない当時クラス委員長だったリリアーナだ。

懐《なつ》かしい。リリアーナの起こし方はいつも乱暴で強引《ごういん》だったな。

俺の鼻にからしを突《つ》っ込んだりとかそういう起こし方をする人だった。今日はまだ普通《ふつう》の起こし方だからぜんぜんマシな方だ。

改めて委員長を、いや、リリアーナを見上げてみる。

俺の思い出の中の委員長よりも、だいぶ大人びている。今は化粧《けしょう》だってしていて唇《くちびる》が特に色っぽい。凛《りん》とした美しい女性だと思う。

「本当に綺麗になったなぁ」

「んなっ。ま、まだ寝ぼけているのですか。バカなことを言ってないで早く顔を洗ってきてください」

「寝ぼけてないよ。今のはマジの感想だ。ふあーあ。リリアーナは嫁《よめ》に行ったり彼氏《かれし》を作ったりとか何もないのか？」

「私の恋人《こいびと》は仕事ですから、そんな話は来そうにないですね」

「うわー、すげー嫁に行き遅《おく》れそうな考えだな」

「それ、完全にセクハラですよ」

そりゃそうか。パジャマを脱《ぬ》いで適当に着替《きが》え始める。リリアーナがちょっと嬉《うれ》しそうに俺の身体をジロジロ見てくる。

あ、触《さわ》ってきやがった。胸板《むないた》を指でなぞるなー。

「不思議、ひきこもりだったのにぜんぜん筋肉が落ちてないですね。たくましかったあの頃のままです」

「ふっ、俺は優秀だからな」

「うふふふ、筋肉ぅぅぅ」

「だから撫《な》でるのは禁止だってば」

「うへへ、よいではないですかー」

「どこの悪代官だよ。つーか、セクハラセクハラ」

「私とヴィルヘルム君の仲じゃないですか」

「どんな仲だよ」

「筋肉を触ってもいい仲ですよ」

「そんな仲あるかよ」

「ああ、素敵です。最高な筋肉です。うふふふ。もう少し撫でさせてくださいね」

「あ――れ――」

って、俺に何をやらせるんだ。お戯《たわむ》れが過ぎるわ。

まったく、自分が綺麗な女性になった自覚を持って欲しいもんだぜ。手付きがいやらし過ぎて、リリアーナを女性として強く意識してしまうじゃないか。

リリアーナは鼻息を荒《あら》くして俺の筋肉を隅々《すみずみ》まで撫でている。

こいつは筋肉フェチなんだよな。学生の頃から何も変わっていない。この悪癖《あくへき》をどうにかできないものか。できないんだろうなぁ。

「ああもう、服を着るぞ。はい、おしまい、おしまい。で、今日はここに何をしに来たんだ？」

「それはもちろん筋肉を触りに……ハッ……違いました。いえでも、ヴィルヘルム君、相変わらず良い身体をしてますね」

「まだ鼻息が荒いぞ」

リリアーナが恥ずかしそうに目を瞑《つぶ》って咳払《せきばら》いをした。

ようやくいつものリリアーナの顔に戻《もど》った。

「ヴィルヘルム君、今日はお礼を言いに来ました。今回の特別緊急クエスト、本当にありがとうございました。あなたのおかげで街が救われました。城内はヴィルヘルム君の話題でもちきりですよ。彼《かれ》こそが本物の勇者に間違いないって」

「そりゃけっこうなことだな」

「現地に数人の公務員がいたのですが、古代魔獣を見張っていたらまさかのバハムートの出現で大興奮したそうですよ」

「ああ、見てた人、いたんだな。あれは俺たちもめちゃくちゃ興奮したぞ。すげーかっこよかったし。何より圧倒的に強かった。あれは間違いなく生物界の王だったな」

階段を下りる。顔を洗う。うわ、ひでー寝癖《ねぐせ》。この顔をリリアーナに見られてたのか。まあ、今更《いまさら》か。寝起《ねお》きの顔なんて腐《くさ》るほど見られてる相手だ。

「ヴィルヘルム君、公務員になる気はありませんか？　あなたなら絶対に誰よりも活躍《かつやく》できますよ。実家が大貴族ということもありますし、はてしなく出世できると思います」

「へっ、やなこった。俺の職業は永遠にひきこもりだぜ。だから俺は今日も遠慮なくひきこもる」

なにせ〈グラン・バハムート〉が滞《とどこお》らせていた国への支払《しはら》いは、古代魔獣を追い払ったことで完済できているからな。

しかも、生活費だって余裕《よゆう》ができた。もはや俺が働く理由なんて一つもない。だから堂々とひきこもるんだ。

「ひきこもりなんてダメに決まってます。圧倒的な才能と実力がありながら、なぜ世のため人のために使おうと思わないのですか」

「世のため人のためになんて、そんな大それた話は俺には合わないよ。もっと近く、手の届く場所で、俺を必要としてくれる人がいるのなら、その人を支えるために力を使いたい。俺はそう願っている」

ちょっとかっこいいことを言ってみた。

必要としてくれる人がいないときには俺はベッドでだらけていたい。俺はそういう人間なのさ。

リリアーナが俺の筋肉にタッチしてきた。なんか感じちゃった。

「私も、ヴィルヘルム君に手が届きます。公務員にはあなたが必要です」

そうくるか……。

「いや、俺はベッドが好きだし」

「お仕事に励《はげ》めばもっと良いベッドで寝られますよ。低反発マットトレス、ふかふか羽毛布《うもうぶ》団《とん》、どうです？　憧れませんか？」

「ここのベッドで十分だよ。贅沢《ぜいたく》は敵さ」

「庶民《しょみん》みたいなことを言って。大貴族の長男のくせに」

「あ、そうか。そういえば俺は大貴族の長男だったな」

「そこを忘れられるのあなたくらいですよ。あ、そういえば、ヴィルヘルム君のお父様に今朝、お城でお会いしましたよ。言伝《ことづて》があればと伺《うかが》ったのですが」

ほお、あの父はなんて言うだろうか。「街を救ってくれた我《わ》が子は英雄《えいゆう》の中の英雄だ。さあ、お前の部屋のベッドという名の楽園に帰ってきなさい」なんて言うだろうか。

「〈グラン・バハムート〉の窮地《きゅうち》を脱《だっ》したくらいで良い気になるなよ。一人前の男になるまでは家には決して帰らないこと。もしも今、家にのこのこ帰ってきたら即座に叩《たた》き斬《き》ってくれるわ。と、これを伝えて欲しいとおっしゃられました」

「あのクソ親父《おやじ》め」

「つまり、真面目に公務員として働きなさいということですね」

「ちーがーうーわー」

「ちなみに、もう一つお伝えすることがあります。お父様の方に、ヴィルヘルム君への大学進学の推薦状《すいせんじょう》が改めて届いたそうですけど」

あー、昔も来てたもんな。俺が魔王の疑いをかけられて辞退したやつ。

働くのよりは学生の方がいいけど、今さら進学なんて考えられないな。毎朝起きるのはだるいし。勉学に励む情熱だってない。俺にはもう無理だよ。

「俺は行かないと思う。父上にはそう伝えておいてくれ」

「何か一つくらいはやる気を出してくださいよ。そうしてくれるだけで私は安心できるのですが」

「お前は俺のかーちゃんかよ」

「散々面倒《めんどう》を見てきたんですから、似たようなものかもしれませんね」

「そこ、肯定《こうてい》するのかよ……」

リリアーナが楽しそうに笑った。

こいつの笑顔なんて最後に見たのは何年前だろうな。

俺が魔王の疑いをかけられたとき、誰よりも心配をしてくれたのは間違いなくリリアーナだ。毎日毎日、俺の様子を見に来てくれた。わざわざ俺が拘留《こうりゅう》されていた城にまで来てくれた。本当に毎日毎日。

……時間はかかったけど、笑顔を見せてくれるようになって良かった。

古代魔獣の件を頑張《がんば》って良かった。今、改めてそう思えた。

「ミュー……。おーい、ニートやろう、起きてるのならお昼ごはんを一緒《いっしょ》に食べるミュー。今ならまだ温かいミュー」

「あ、さんきゅ」

「え、嘘《うそ》。ソーダネミューがいま喋《しゃべ》りませんでした？」

「ああ、喋ったぞ。……はは一ん、さてはお前、心が汚《よご》れてるだろ」

「はい？　ガラスのように綺麗ですよ？」

何をおっしゃいますやら。

心が綺麗な人にはミューちゃんの声は聞こえない。俺みたいに心が汚れている人にはミューちゃんの声が聞こえる。ちなみに、俺調べ。

リリアーナは真面目な顔をしていても、実は心が汚れている人ってことなのさ。

◇

のんびりしたお昼どき、〈グラン・バハムート〉の裏の庭に集合した。

アーニャもソフィアさんも俺も剣を持ってきている。スプリングフェスティバルのギルド対抗戦に備えて、剣の練習をするためだ。

ギルド対抗戦は力任せの剣技で勝負をするわけではない。剣舞《けんぶ》という特殊《とくしゅ》な剣技を使わないと失格になってしまうというルールがある。

たとえ、相手を力押しの剣で倒しても試合の勝敗は別だ。審判団《しんぱんだん》が今のは剣舞ではないと判断すれば負けになってしまう。

あくまでも祭りに花を添《そ》えるイベントだから、優雅《ゆうが》で華やかに美しく戦わないとダメなわけだ。

〈グラン・バハムート〉は毎年このイベントに参加している。去年まではずっとソフィアさんが出場していたそうだ。

だからまず、ソフィアさんに基本中の基本を教えてもらうことになった。

ソフィアさんが俺とアーニャの前に立って説明を始めてくれる。

「二人ともいい？　剣舞っていうのはね、剣技の一つではあるんだけど、イメージとしては踊《おど》りの方が近いよ。イベント当日は踊り子みたいに華やかな衣装《いしょう》を着て、袖《そで》とかスカートをいっぱい動かして戦うと綺麗《きれい》に見えるの」

ソフィアさんの説明が続く。

「剣舞は古くからあるから、型とか流派とかがいくつもあるね。私が覚えたのはアーニャちゃんのママに教えてもらったものだよ。ちょっとお手本で実演してみるから見ててね」

ソフィアさんが剣を抜いた。

そして、腰《こし》を振る。くるくる回って、スカートを浮《う》かび上がらせる。

剣を柔《やわ》らかく持って、しなやかに振る。

あれでは優《やさ》しい斬り方過ぎて相手に致命傷《ちめいしよう》は与えられないだろう。だけど、怪我《けが》をさせるための剣技じゃないからあれでいい。

じっくりと観察させてもらう。

「……。……。……綺麗だな」

思わず感想を呟《つぶや》いていた。

女性の美しさを引き立たせるための動きに見えた。これを舞台《ぶたい》の上でやれば観客は大いに沸《わ》くだろうな。

学生のときからもっとちゃんと見てれば良かった。人気で混雑するイベントだから俺はあんまり見てこなかったんだよな。非常にもったいない。

ソフィアさんの剣舞が終わった。今ので一通りの動きは見せて貰えたらしい。

ソフィアさんの動きのイメージは蝶《ちよう》かな。蝶が春の花の上を舞《ま》うように動く。なんとなくつかめてきたぞ。

「私、やってみますね。見ててください」

アーニャがソフィアさんの真似《まね》をして動いてみた。

しかし、一回や二回で習得できるようなものじゃない。スプリングフェスティバルまであと一週間ほど。幸い、お金には余裕ができたんだし、毎日しっかり練習すれば間に合うはず。頑張って習得してクラに勝たないとな。

「あら、剣舞ですか？　とてもかわいいですね」

庭の塀《へい》の向こうから女性の声が聞こえてきた。誰かと思えばリリアーナだった。

「最近よく来るな。今日はなんだ？」

「ヴィルヘルム君の筋肉を触らせてもらいに……、ハッ、じゃなかったお仕事を持ってきたんです。店番のソーダネミューに聞いてみたらみなさんお庭にいるっていうので来てみました」

ミューちゃんと普通に会話ができるだなんて、相変わらず心が汚れてらっしゃる。

「そいつはどうも。アーニャ、ちょっと休憩《きゅうけい》だ。仕事が来たぞー」

「はーい」

「あれ？　そういや、リリアーナって女子だから学園で剣舞の授業を受けてるよな」

「そうですね。受けましたよ」

「ちょっと相手をしてくれないか？」

リリアーナは快く了承《りょうしょう》してくれた。

学園で習った剣舞の基本を丁寧《ていねい》にレクチャーしてくれる。

そして、俺と実戦形式で戦ってくれた。

俺も見様見真似《みようみまね》で剣舞を使って戦う。

攻撃《こうげき》したいときに上手《うま》いこと攻撃ができないのがもどかしい。踊るのが優先。防御《ぼうぎょ》もそう。もどかしい。これはもう剣技ってことを忘れた方が良さそうだ。

俺が思うにステップを相当練習しないとあっさり負けるだろうな。でも、それさえ上手にできるようになれば相手との間合いがとれるようになる。すると、相手の呼吸の隙《すき》を突いて、華麗《かれい》な一撃《いちげき》を入れたりなんてことができるようになる。剣舞は無駄《むだ》な動きは多いけど、決して弱いわけではない。極《きわ》めるのは大変だろうけどな。

「ありがとう、リリアーナ。おかげでつかめたぞ。アーニャ、剣舞の基本はダンスだ。この前、山の中で歌に合わせて踊っていたよな。あれと同じ要領でいけるはずだ」

古代魔獣を撃退《げきたい》しに行くときに、山の中で焚《た》き火《び》を囲んで俺が歌ってアーニャとソフィアさんが楽しそうに踊っていた。あの踊りをイメージすればいい。

「歌……ですか？」

あ、まずい、この流れは。

「では、歌って頂けますか？」

「……ソフィアさん」

「私はアーニャちゃんと一緒に剣舞をするよ。懐かしいなぁ。アーニャちゃんのママも歌ってくれたよ」

「……リリアーナ」

「私も一緒に剣舞をします。頑張ってくださいね」

ちっ、女子ども楽をしやがって。

音痴《おんち》でも知らないぞ。ここは山奥《やまおく》じゃない。庭の外は人通りのけっこうある道だし、他の店や家だってある。音痴の歌が聞こえてくるって文句が来たって相手をしないからな。

恥《は》ずかしいが、俺は手拍子《てびょうし》を叩いて歌うことにした。

誰も感想を言ってくれない。

心配になってくるけど、でもみんな綺麗にくるくる舞っているから問題ないんだろうか。

「ていうかアーニャ、もうしっかり剣舞になってるぞ？　二人の動きと何も遜色《そんしょく》がない」

リリアーナもソフィアさんも同意してくれた。

「そうなんですか？　思ってたよりも簡単ですね」

「ヴィルヘルム君の教え方が上手なんですよ。学園では何ヶ月もかけて習得するものですから」

「いやー、俺はたいしたことはしてないさ。アーニャのセンスが人並み外れて良いだけだよ」

アーニャが嬉しそうだ。

「ヴィル様、私はクララちゃんに勝てるでしょうか？」

「負けるだろうな」

アーニャの目が×になった。

「ど、努力しますね。まだ時間はいっぱいありますから。絶対に勝って、私はクララちゃんと一晩中お祭りで踊るんです」

クララに勝ったご褒美《ほうび》がそれか。

クララは勝ったら〈グラン・バハムート〉を〈コズミック・ファルコン〉に取り込む気まんまんなのに、アーニャはかわいいもんだな。

だが、それでこそアーニャだ。これがアーニャの魅力《みりょく》だよ。誰よりも心の綺麗な少女なのがとても良い。

「なあ、アーニャ、努力はもちろん必要なんだが」

俺は胸を張って、自慢《じまん》げな顔を作ってみせた。

「強い相手との戦いに勝つためにはさ、とっておきの何かが必要だよな」

「とっておき、ですか？」

「ああ、そこで俺が、アーニャに勇者の神剣技《かみけんぎ》を一つ伝授しようと思う。それを習得できさえすれば、アーニャは必ずクララに勝てるぞ」

あるんだ。勇者の神剣技の中に、剣舞に応用できそうなものが。

それを習得できさえすれば、クララに勝てるどころか観客が大いに盛り上がるんじゃないだろうか。

というわけでこの日から、アーニャの猛特訓《もうとっくん》が始まった。

◇

ソフィアさんが家で焼いてきてくれたクッキーを頬張《ほおば》る。

美味《おい》しい。これに合う飲み物が欲しいな。紅茶……、いや、ここはコーヒーだろう。たまには自分でいれようかな。いつもアーニャに甘《あま》えてばかりだったし。

もう夜だが、アーニャは庭で黙々《もくもく》と剣舞の練習をしている。

ソフィアさんは俺の隣《となり》に座《すわ》って、去年着てたらしい剣舞の衣装をアーニャのサイズに合わせて必死に調整している。

　二人ともがんばり屋さんだ。

　無理をし過ぎて倒れたりしないでくれよ。

「なあ、ニートやろう。ちょっといいかなミュー」

「なんか用か。白いもふもふ」

　ミューちゃんがクッキーを頬張った。よく食うやつだな。だから身体がでかいんだろうな。

「ギルド対抗戦、お嬢《じょう》は勝てるかミュー？」

「ふっ、そんなの当たり前だろ。なにせ優秀なこの俺が指導したんだからな。これで勝てないわけがない」

「ニートやろうの指導ミュー……」

「気に入らないか？」

「……ふっ、今回ばかりは少し頼《たの》もしいミュー」

「そいつは良かった」

　クッキーを食べる。やはり美味しい。よし、コーヒーでもいれるか。

　なんだろう、ミューちゃんが棚《たな》の奥《おく》をごそごそし始めた。そこに何かあるんだろうか。

ミューちゃんは立派な瓶《びん》を引っ張り出してきた。

「なんだそれ？」

「ご近所さんからの頂き物の蜂蜜酒《はちみつしゅ》だミュー。お嬢にはまだ早いから奥にしまっておいたミュー」

この国での飲酒は一六歳《さい》からだもんな。アーニャには確かにまだ早い。

「ミューちゃんが今から飲むのか？」

「飲むけど、お嬢の勝利の前祝いに一緒にどうだミュー？」

「いいね！」

グラスを出してきて、二人で注ぎ合った。

ああー。なんていい香りだ。労働の疲《つか》れが吹《ふ》っ飛ぶね。今日、労働してないけどな。

ミューちゃんがグラスを俺の前に差し出した。

俺もグラスを持った。

「お嬢の前祝いミュー」

「ああ、アーニャの勝利に乾杯《かんぱい》！」

ウェーイってテンションで二人でグラスをぶつけ合った。

「かーっ。うっめー！」

「おいしいミュー。何杯《なんばい》でもいけるミュー。ニートのくせになかなか良い飲みっぷりだミューね」

「そっちこそ魔獣《まじゅう》のくせに良い飲みっぷりじゃねーか。お、もうグラスが空かよ。入れてやるよ」

「おっとっとっと。そっちも空だミュー」

「あ、すまん。おおおー、入れるのうまいな。サンキュー」

何気にこの蜂蜜酒はクッキーにも合うぞ。

これは止まらん。残しててもしょうがないし、一人と一匹《ぴき》で一本開けちまうか。

「ちょっとヴィル君、女子二人が頑張ってるのになんでお祝いモードなの」

「あ、ソフィアさんも飲みます？」

「うん、飲むーっ」

ソフィアさんとも乾杯した。

酔《よ》ったソフィアさんとめっちゃ盛り上がった。

汗《あせ》だくで帰ってきたアーニャは、酔ってる俺たちを見て良いなぁと羨《うらや》ましそうにしていた。あと四年待て。そしたら一緒に飲もう。

◇

街に祝砲《しゅくほう》があがった。

みんなが待ちに待ったスプリングフェスティバルがいよいよ開幕《かいまく》だ。

飲めや歌えや踊れや。

寒くて辛《つら》い冬は終わったんだ。花開く春をみんなで祝おう。

みんながみんな無礼講。今日ばかりは誰もが羽目を外して大いに楽しんでいいんだ。

街のどこを歩いても賑《にぎ》やかで楽しげで幸せそうな笑い声ばかりだ。これでテンションの上がらない人はいないんじゃないだろうか。

このめでたい日に、アーニャは朝の六時から起きてソフィアさんと一緒にフルーツケーキを作っていた。ギルドの重要な資金源でもあるからな。いっぱい売らないとだな。

俺も今日ばかりは早く起きたぞ。

そして、ミューちゃんと共に露店《ろてん》の準備をした。

ちなみに、ミューちゃんには帽子《ぼうし》をかぶらせて色眼鏡をかけさせてと、祭りっぽい格好をさせている。エプロンも着けていていてかわいいいんじゃないだろうか。

子供に見られてもあんまり怖がられたりはしないだろう。

「街中が風船と花と旗だらけだミュー」

「ああ、うちにも花くらいあれば良かったな」

「それなら買ってくればいいミュー」

「俺、金なんてないぞ？」

「このニートやろう。じゃあ、街の外で取ってくるミュー」

ひでえ魔獣だ。人間様の俺をこき使いやがって。

まあいいけどな。風の魔法《まほう》に乗ればすぐだし、花畑の場所は知っている。さくっと走って取ってこよう。

木管や金管楽器の音が鳴り響《ひび》く。アコーディオンを楽しげに弾《ひ》いている人もいる。

たくさんの人がダンスをしている。赤くて長いスカートの女性が軽《かろ》やかにタップダンスを踊っていて注目を集めていた。

大道芸や手品のショーをそこかしこでやっている。すげー楽しそうだ。

幸せそうな人々を見ていると俺も気分が高揚《こうよう》してきた。

さくっと走ってパパッと花を採集して戻ってきた。

花瓶《かびん》に花をいけてみると、なかなかかわいらしい露店になったんじゃないだろうか。

午後一時になると同時にフルーツケーキを販売《はんばい》開始。びっくりするくらい飛ぶように売れた。ソフィアさんが追加で焼いてくれたケーキまで完売した。

大儲《おおもう》けだった。

アーニャもソフィアさんも終始笑顔《えがお》でニコニコしていた。

二人が笑顔でこの祭りを迎《むか》えることができて本当に良かった。いろいろあったけど頑張ったかいはあったんじゃないだろうか。

◇

勝負のときがきた。

夜の六時だ。街の一番の広場で大歓声《だいかんせい》のなか、ギルド対抗戦が開催された。

花に彩《いろど》られた華《はな》やかな特設舞台が設営されている。

数え切れないくらいの観衆が席について、あるいは、立ち見で、さらには近所の家やそこらの木に登って、祭り一番のイベントを楽しんでいる。

ギルド対抗戦はスプリングフェスティバルで一番の花だ。

うら若き乙女《おとめ》たちが美しい衣装に身を包んで華やかに舞い、戦う。

誰もが興奮し、温かな声援《せいえん》を送る。

負けても笑顔になれるのがこの戦いの良いところだろうな。祭りを彩ってくれた美しい乙女たちには勝ち負けを問わず公平な拍手《はくしゅ》が送られるんだ。

さて、気になるアーニャとクララだが、二人ともとんとん拍子《びょうし》に勝ち上がっている。

アーニャは可憐な妖精《ようせい》のように戦い、クララは勝ち気なプリンセスのように戦う。二人とも街の人々のハートをがっちりつかんだように思う。文句なしに美少女だしな。

さあ、盛り上がったギルド対抗戦もいよいよ最後の戦いだ。

決勝戦が始まる。

戦うのはもちろん、我らが〈グラン・バハムート〉のアナスタシア・ミルキーウェイ、対するは、街の最大手ギルド〈コズミック・ファルコン〉のクララ・ボイジャーだ。

二人とも若くしてギルドマスターになった頑張り屋さんだ。この晴れ舞台、二人にとって悔《く》いのない素晴《すば》らしい戦いになって欲《ほ》しい。

俺としては、もちろんアーニャに勝って欲しいぞ。必ず勝って、そして、アーニャを鍛《きた》えたのはこの俺だと街のみんなに自慢させてくれ。

アーニャとクララが可憐に舞台の中央に歩いてきた。

王や、俺の父、普段《ふだん》お世話になっている人たち、それに街のみんな、大観衆が見守る中、二人の乙女が剣《けん》を抜《ぬ》いた。

二人とも誰よりも輝《かがや》いていた。

アーニャの衣装だが、肩《かた》と、背中と、片足を大胆《だいたん》に露出《ろしゅつ》させた白い衣装だ。ウエディングドレスや天使を思わせる清楚《せいそ》な衣装。心の綺麗なアーニャにぴったりだと思う。ちなみに、この衣装はアーニャのママが着て、ソフィアさんが着て、それからアーニャに受け継《つ》がれたものだそうだ。とてもかわいい衣装だと思う。

対するクララの方は、真っ赤な情熱色の衣装だ。普段着《ふだんぎ》と同じようにスカートにひらひらが多いがそれだけじゃない。この衣装は、ところどころが透《す》けていて大人っぽい色気を感じさせる。しかも、お腹《なか》も胸の谷間も露出させていて、踊り子の衣装を強く意識してあるんだろう。男性はクララを見たら興奮するんじゃないだろうか。歓声《かんせい》を聞くに女性からの人気もありそうだ。

可憐なアーニャのライバルとして、大胆で美しいクララは申し分ないな。

勝つのは赤だ白だと、そこら中から賭《か》けの声が聞こえてくる。

あるいは、かわいいのは白だ赤だと楽しそうに語る声も聞こえてくる。

さらには、二人の母を知っている世代からは、過去を懐かしむ声も聞こえてきた。

「アーニャ、勝てるぞ！」

俺《おれ》はアーニャに声をかけた。届いたかどうかは知らん。

ない。

「アーニャちゃん、世界一かわいいよー！」

ソフィアさんの声も聞こえてきた。よく通る声だ。あの声はアーニャに届いたかもしれない。

俺の近くには〈コズミック・ファルコン〉のギルド会員たちがいる。彼らの大きな声援が聞こえてきた。

ソフィアさんはアーニャの付き添いってことで、俺より舞台に近いところにいるんだよな。俺は関係者席の一番前だけど、舞台にはちょっと遠い。

みんなが注目する。さあ、大一番だ。

だんだん、静かになってきた。

勝負開始前の緊張《きんちょう》感だ。固唾《かたず》を呑《の》んで、勝負開始の合図を待つ。

「おーほっほっほっほっほー。よく逃《に》げずにここまで来ましたわね。褒《ほ》めてあげますわ。アナスタシア」

少し静かになったことでクララの声がよく通った。

「うん、クララちゃんに勝ちに来たよ。正々堂々、いい勝負をしようね」

「言いましたわね。力量の差を見せつけてあげますわ。弱小は最大手に勝てない。それを示し、私は堂々と〈グラン・バハムート〉を〈コズミック・ファルコン〉の物にしようと思いますわ」

「んーん、私が勝つよ。だからその話は無しだよ。これが終わったら夜が明けるまで二人でずっと踊ろうね」

二人の視線と視線がぶつかり合う。

かわいらしい笑顔だけど、さすがにギルドの家に生まれた娘《むすめ》さんたちだ。絶対に相手に勝つって気持ちのこもった強気の視線だ。

審判《しんぱん》を務めているリリアーナが舞台の中央に歩いた。

リリアーナは、日頃《ひごろ》からギルド査察官の仕事をしている関係でギルド対抗戦《たいこうせん》の審判を任されたんだろうな。

こんなにも目立つ仕事を任されるんだから、あいつは出世コースに乗っているのかもしれない。ますます俺との差が広がりそうだぜ。胃がキリキリするね。

リリアーナの着ている青いドレス。華やかで美しいと思う。今日、あいつのファンがたくさんできそうだな。

舞台の中央にアーニャとクララとリリアーナが集まった。まるでそこにだけ美しく幻想《げんそう》的《てき》な花が咲《さ》いているように思えた。

リリアーナが手を高く掲《かか》げる。あれが振《ふ》り下ろされたら剣舞の開始だ。

「二人とも、準備はいいですね」

観客が今か今かとそわそわする。俺もそんな気持ちだ。

「それでは、ギルド対抗戦、決勝戦、開始です！」

リリアーナの手が振り下ろされた。

大歓声が一気に巻き起こった。

間違《まち》いなく、今日祭りが始まってから一番の大歓声だろう。街中の熱気と興奮がこの舞台に向けられている。すごいエネルギーを感じた。

アーニャとクララが、お互《たが》いの剣と剣をぶつけた。そして舞うように距離《きょり》を取った。ここからが本当の勝負開始となる。

これは力ずくになって相手を倒《たお》す勝負ではない。

流麗《りゅうれい》に舞って、相手の身体に美しく攻撃を入れることができるかの勝負だ。

二人とも小柄《こがら》なせいか動きが速かった。

長いスカートを振り乱して華麗に接近。

お互いの力量を試《ため》し合うように剣を振った。

どちらが遅れているということはない。剣と剣がぶつかり合う。

クララが不敵な顔になった。

「なかなかやりますわね。でも、この動きにはついてこられるかしら？」

上段、中段、下段、回転しながら斬りつけてくる。

アーニャは剣では受けず、しっかりと見切って踊りながら全てかわした。このへんの回《かい》避《ひ》行動は俺やソフィアさんが猛特訓で鍛えてある。クララくらいのスピードだと今のアーニャにはそう簡単には攻撃を当てられないだろう。

アーニャが回避しきったことでクララが驚《おどろ》いた。

よし、アーニャが攻撃する隙ができたぞ。

相手の動きをよく見てかわし、攻撃の流れが止まった瞬間《しゅんかん》に蝶のようにひらりと相手に近づく。アーニャママの時代から受け継がれている〈グラン・バハムート〉の伝統剣舞だ。

残念ながらアーニャの攻撃は、クララが後方への宙返りをすることによって華麗に避《よ》けられてしまった。

でも、あれでいい。アーニャは自分の剣舞を崩《くず》されてはいない。

クララのアクロバティックな回避行動に観客がますます盛り上がりを見せた。耳が壊《こわ》れそうな大歓声だ。

互いに譲《ゆず》らない時間が続く。

五合、一〇合、回避しあい、くるくる踊る。

　クララの剣舞は舞い散る桜の花びらをイメージしてあるのだろうか。ときに華やかに、ときに哀愁《あいしゅう》を感じさせ、風があれば舞い散り始め、思わぬ動きを見せる。なかなかつかみどころのない動きだと思う。

　だけど、決して倒せない相手ではないはずだ。

「アーニャ！　相手の動きをよく見ろー！」

　俺のアドバイスが聞こえたのかどうか、少なくともソフィアさんには聞こえたっぽい。

「アーニャちゃん、気をつけてー！」

　なんて声が聞こえてきた。

「お嬢ーっ！　街一番のギルドの誇《ほこ》りをー！」

　クララへの声援も聞こえるな。

　俺はいつの間にか手に汗を握《にぎ》っていた。心の内から血が熱くたぎっている。

　正直、人が大勢いるから俺はちょっと人酔《ひとよ》いしている。

　でも不思議なことに、人がたくさんいてくれて良かったなって思っている自分もいることに気がついた。

　だって、こんなにも盛り上がっているから。こんなにも俺を熱くしてくれるから。それに、こんなにも楽しい気持ちにさせてくれるから。

一人だったらこうはならなかっただろう。

ひきこもりだったら、この興奮は味わえなかった。

なにせ俺は、去年のスプリングフェスティバルは完全に不参加だからな。一人で楽園にひきこもって静かに過ごしていた。

あれからなんだかんだで色々とあったけれど、俺はいま、ここにこうしていることに幸せを感じている。

アーニャと出会えて良かった。

ソフィアさんとも、クララとも、ミューちゃんとも、リリアーナともだ。みんなのおかげで俺の人生が少しだけ彩り豊かなものになったと思う。

俺はこの後はまたひきこもりに戻《もど》るけど、たまにはこうして人と触《ふ》れ合うことをしようと思う。

あ、クララの動きが変わったぞ。

「アーニャ、クララの必殺技《ひっさつ》が来るぞー。気をつけろーっ」

舞台の傍《そば》にいるソフィアさんと違《ちが》って、俺は関係者用の観客席にいる。女子以外は舞台の傍には寄れないっていう事情があったから仕方が無い。

ここからではアーニャにアドバイスが届かない。それがもどかしい。

クララがわざと隙を作った。

俺にはそれが分かるが、アーニャは実戦経験が少ないから分からないだろう。

アーニャが攻撃の舞いに入ってしまった。

アーニャが間合いに入ってきた瞬間に、クララの目が輝いた。

「かかりましたわね！　おバカなアナスタシアですこと！」

「えっ？」

クララが姿勢を低くすることでアーニャの剣を華麗にかわした。

そして、必殺技がくる。

クララが高速回転しながら身体を起き上がらせた。速い、あまりにも速い。しかも、桜のように綺麗だ。

「いきますわよ！　必殺、《桜竜巻《サクラトルネード》》、ですわ！　いかがですの！」

やられた。

回転力の強さと速さで、アーニャが握っていた剣が鮮《あざ》やかに持っていかれてしまった。

剣ははるか彼方《かなた》、上空に飛んでしまった。

アーニャは剣が無い状態だ。これでは攻撃ができない。

というか、もっとマズい状態だ。

剣をすくい取られたときに、アーニャは腕《うで》を伸《の》び上がらせてしまった。胴《どう》ががら空きになっている。

勝負が決まる。誰《だれ》もがそう思っただろう。

血がたぎるような歓声が、祝福の歓声に変わり始める。

だけど、まだだ。

ここだ。ここしかない。ここからが本当の勝負だ。

俺は腹にめいっぱい力を込《こ》めて、全力で声を出した。

「アーニャ――――！　ここだあああああああああああああああああ！」

「はいっ！」

返事を貰《もら》えた気がする。

アーニャの剣の特訓は一週間ほどしかできていない。毎日必死に取り組んだけど、剣の腕はまだまだ未熟だ。

だが俺は、アーニャに勇者の神剣技を一つだけ教えた。

それはまだ習得には至っていない。アーニャは誇れるくらいの努力はしたんだけど時間が足りなかった。

アーニャが笑顔を見せた。

その笑顔に、これはまだ何かあるぞと観客たちも思ったようだ。

実際、何かある。

アーニャは勇者の神剣技の習得には至らなかった。

いや、言い直そう。完全習得には至らなかった。

つまり、条件が満たされたときに限り、アーニャは勇者の神剣技を使うことができる。

それは優秀《ゆうしゅう》な俺の指導と、熱心で真面目なアーニャの努力があったからこその苦労の結《けっ》晶《しょう》だ。

アーニャは、手に剣を持っていないという条件が満たされたときのみ、勇者の神剣技の一つを使うことができる。

アーニャの身体の輪郭《りんかく》が揺《ゆ》らめいた。

「もらいましたわよ！　この対抗戦、〈コズミック・ファルコン〉が優勝させて頂きますわ！」

「まだだよ、クララちゃん！」

揺らめいたアーニャの輪郭から、ふわーっと複数のアーニャが飛び出してきた。

それはまるで天使が地上に七人も舞い降《お》りたように見えただろう。美しく可憐《かれん》なアーニャの勇者の神剣技だ。

「アーニャが七人になりましたわ？　ど、どういうことですのっ！」

「これは勇者の神剣技、ヴィル様カスタムだよ。その名も《ミラージュステップ》！」

「ゆ、勇者の神剣技ですって？」

そう、勇者の神剣技、それを俺が剣舞《けんぶ》に使いやすいようにカスタマイズしたものだ。

本来、勇者の神剣技の一つである《ミラージュアタック》は使い手の幻影《げんえい》を蜃気楼《しんきろう》のように作り上げることで敵を錯覚《さっかく》させ、相手の防御を崩すことができる攻撃技だ。

しかし、攻撃性が強すぎて、そのままでは剣舞にふさわしくなかった。

だから、俺が剣舞に使いやすいように技をカスタマイズした。それが勇者の神剣技《ミラージュアタック》改め、剣舞用の《ミラージュステップ》だ。

攻撃性能は低いけど、そのかわりにアーニャがたくさんに増えるわ、それぞれが違う踊りを踊るわと、相手を錯覚させる性能が格段に上がったと思う。

観客が息を呑《の》むのが伝わってきた。

それはそうだろう。だって一人でも美しかったアーニャが七人だ。その七人が舞台いっぱいを使ってくるくる踊っている。

これがかわいくないわけがない。

七人のアーニャが全員ニコニコしているのもポイント高いだろう。

逆に戸惑《とまど》い、表情を硬くするのはクララだ。

「な、なんなんですの。いったいなんなんですのこのチートみたいな必殺技は。聞いてないですわよ。見たこともありませんわっ！」

文句を言いながら近くのアーニャを斬《き》ってみる。しかし、アーニャはひらりとかわした。

ちなみに、今のは幻覚《げんかく》だ。

本物のアーニャは虎視《こし》眈々《たんたん》とクララの隙を遠くから狙《ねら》っている。

アーニャの剣は手元にはない。ようやく上空から落下を始めたところだ。

あの剣を取らないと攻撃ができないが、取れば《ミラージュステップ》は終わってしまう。

勝機は、クララの隙を突《つ》くと同時に剣を取り攻撃すること。これしかない。

そのために、アーニャは幻覚を適切に配置していく。

クララが舞台の中央に行くように幻覚を使って誘導《ゆうどう》していく。

本物のアーニャは踊《おど》りながら徐々《じょじょ》にクララの後ろを取っていく。

観客が沸く。こんな華やかな剣舞は見たことがないと誰もが感心している。

もはや舞台の主役はアーニャだ。

アーニャは踊りを止めない。七人がそれぞれ違う踊りを見せながらも、リズムはみな同じ。観客は自然に手を叩《たた》いていた。ますますアーニャの踊りに切れが増していく。

「こ、このーっ。このかわいい私が完全にアウェイになっていますの！」

クララ、その怒《いか》りは隙にしかならないぞ。

この華やかな舞台《ぶたい》で隙を見せてしまっては、勝利は砂のように手の平から零《こぼ》れ落ちていくだろう。

アーニャがクララの後ろを完全に取った。

全てのアーニャが手を上空に掲げた。

その動きにクララが戸惑いを見せた。自然に防御の姿勢を取る。

しかし、肝心《かんじん》のアーニャ本体はクララの背中にいるぞ。前や横を警戒《けいかい》して防御をしてもどうしようもない。

「クララちゃん、最高の勝負だったね！」

アーニャの手に剣が落ちてくる。

篝火《かがりび》の光を受けて、光り輝く剣に見える。

それはまるで、天使が天から聖なる剣を降臨させたように見えた。

クララが後ろを振り返った。それと同時にアーニャの幻覚が六人分消滅《しょうめつ》した。夢から覚めたような気持ちになる。

チェックメイトだ。

「また来年、一緒《いっしょ》に戦おうね！」

こてん、と剣をクララの頭に振り下ろした。

切れない剣だから怪我《けが》なんてしない。痛くはなかったはずだが、クララは心にダメージを負ったようだった。悔《くや》しそうに表情が歪《ゆが》む。

しかし、すぐに笑顔を見せた。

「ふう……、あなたの勝ちですわよ。おめでとうございます、アナスタシア」

審判団《しんぱんだん》にも異議はなかった。リリアーナが手を天に掲げた。

「優勝は、〈グラン・バハムート〉のアナスタシア・ミルキーウェイ！」

せきを切ったように、歓声が押《お》し寄せてきた。

どんだけパワーを残してたんだ。やっぱりひきこもってない連中はエネルギーに溢《あふ》れているな。歓声が大き過ぎてもう何がなんだか分からないぞ。

拍手、大喝采、祝福の声、感動して泣き出す人もいる。

これ、過去最高の盛り上がりじゃないだろうか。俺は毎年見てるわけじゃないけど、きっとそうだと思う。

アナスタシア、アナスタシアと、観客が盛り上がりに盛り上がる。

ソフィアさんが俺を手招きした。もう、いいか。俺は柵《さく》を越えてソフィアさんに近づいた。

うわ、ソフィアさんめっちゃ泣いてる。

「おめでとうございます、ソフィアさん」

「ありがとう、ヴィル君。私……私……、本当はもう〈グラン・バハムート〉はダメだと思ってて、でもでも、ヴィル君が来てから色々と問題が解決して、本当にありがとうしかないよ」

「ソフィアさんの力があってこそですよ」

「そんなことないよ。ヴィル君と、アーニャちゃんが頑張《がんば》ったおかげだよ」

二人で舞台上のアーニャを見上げる。

アーニャはクララと握手《あくしゅ》をしていた。

それからクララはアーニャに拍手を送った。

アーニャが観客にお辞儀《じぎ》をしてスマイルを見せた。

「……いま、アーニャちゃんの夢がほんの少しだけ叶《かな》ったのかも」

「夢？　ああ、〈グラン・バハムート〉を国一番のギルドにする。確かにそうかもしれませんね」

王も観戦しているこの祭りの戦いで一番になったのは、紛《まぎ》れもなく、〈グラン・バハムート〉なのだから。

ソフィアさんがアーニャに拍手を送った。俺も送った。

だいぶ遅《おく》れて気がついたアーニャは、俺とソフィアさんにダブルピースを送ってくれた。

◇

優勝賞金は五〇万ゴールドだ。

どでかいトロフィーと、国王との握手も貰えた。

国王もアーニャの勝負にのめりこんでいたんだろう。かなり興奮気味のご様子だ。

「街のニューヒロインの誕生だな。来年も楽しみにしている」

とのありがたい言葉まで頂いた。

国王にまで認めて貰えたことで〈グラン・バハムート〉の知名度は飛躍的《ひやくてき》に上がるだろう。

アーニャは恐縮《きょうしゅく》しきりだったが、ニコニコしていたのがかわいかった。

逆にぶすーっとしてつまらなそうなのがクララだった。なんでか知らんけど俺の隣にずっといる。

「はあーあ……。あのどんくさくて、いつも私の後ろをついてくるだけだったアナスタシアが……」

「アーニャはな、びっくりするくらい努力してたんだぞ」

朝の早くから夜の遅《おそ》くまで、時間を作っては剣舞と勇者の神剣技の練習をしていた。

「努力をしたといっても短期間ですわよね。アナスタシアがあんなにも急に成長してこの私を追い抜くなんてありえないことですわ」

「そこはほら、優秀な俺の指導があったからだよ」

アーニャは俺が育てた。他の誰でもないこの俺だ俺。街中に大声で自慢《じまん》したいね。ギルド対抗戦で優勝したアーニャを育てたのはこの俺だーって。

今ならいろんな人から褒めてもらえる気がする。

「そこ、なんですわよね」

クララがジト目で俺を見上げてきた。

「クラーケンを倒したのも、古代魔獣を追い払《はら》ったのも、アナスタシアが強くなってギルド対抗戦で優勝できたのも、全部ヴィルヘルム様がいたからこそですわ」

いざ褒めてもらえるとくすぐったいもんだ。

「つまり、アナスタシアと〈グラン・バハムート〉がこんなにも評価されるようになったのは全てヴィルヘルム様のおかげということ」

クララが上目遣《うわめづか》いで俺を見上げた。

こいつ自分のかわいいポジションを完璧《かんぺき》に心得ている。上目遣いが最高過ぎて抱《だ》きしめたくなるじゃないか。

「ヴィルヘルム様、改めてお誘《さそ》いをさせて頂きますわ。〈コズミック・ファルコン〉にいらしてくださいませんか？」

「いや、断る」

「ぐぬぬ……。高額の契約金《けいやくきん》に加えまして、美味《おい》しいごはんを毎日三食、それに最高級のベッドを揃《そろ》えまして、ついでにお世話係としてお好みのうら若き乙女を雇《やと》いましても？」

「えっ……」

すげーひかれる。それ、なんて良い待遇《たいぐう》なんだ。最高じゃないだろうか。

だけど……、だけど……。

視界の端《はし》にアーニャが見えた。

俺はあの子を裏切れない。俺がいなくなったらきっとアーニャは寂《さび》しい思いをしてしまうから。それに、美味しい飯の礼をまだアーニャにしきれているとは思えない。

だから、俺は――。

「俺は〈グラン・バハムート〉にいるよ」

「残念でなりませんわね……」

「〈グラン・バハムート〉以外なら、俺の居場所は楽園だけだな」

「はい？　楽園というのは？」

「気にすんな。ほれほれ、アーニャが来たぞ」

クララの背中をポンと押した。クララがいっきに疲れた顔になった。

「はあ……、来ましたのね……」

大きなトロフィーはこっそり応援《おうえん》に来ていたミューちゃんに託《たく》している。

アーニャが嬉《うれ》しそうにクララにぎゅーっとハグをした。

クララはイヤそうにしていたが、少しだけ笑顔を見せたのを俺は見逃《みのが》さなかった。

城の方面から大きな花火が何発もあがった。

街に大きな歓声と拍手が湧《わ》き起こった。

祭りの本番はこれからだな。これから夜遅《よるおそ》くまで花火があがり、国が主催《しゅさい》の夜行パレートが街中を練り歩く。夜の店は活況《かっきょう》を見せ、ダンスミュージックは夜通し鳴り響く。

今日ばかりは子供だって夜ふかししてOKだ。

「クララちゃん、私と踊ってくれる？」

「しょ、しょうがないですわね。アナスタシアはいつまでたっても私離《ばな》れができないんですから」

「今夜は寝《ね》かせないからね？」

「それはこっちのセリフですわ。体力なら絶対に負けませんわよ」

二人ともはりきって行ってこい。

二人が踊り始めると、すぐに街のみんなの注目を浴びた。自然に二人を中心にダンスが広がり、歌と音楽が盛り上がる。みんな楽しそうに笑顔を見せていた。

くるくる、くるくる。

街一番の可憐な二人は一晩中、街を移動しながら踊り続けた。どこに行っても大人気だった。

俺はというと、ソフィアさんに声をかけられてめっちゃ踊りに付き合わされた。体力が無《む》尽《じん》蔵《ぞう》過ぎる。俺、明日絶対に筋肉痛になるだろうなってくらいに踊りまくらされた。へとへとになって、晩ごはんを食べて、盛り上がって、デザートなんかもいっぱい食べた。

そして、幸福感のある疲労《ひろう》と満腹感を得て、俺はギルドに帰ろうと歩を進めたところでリリアーナとばったり会ってしまった。

踊りませんか、と誘いを受けて断れるわけがない。

だってリリアーナは綺麗《きれい》なドレスで着飾《きかざ》っているのだから。

これで断ったらリリアーナに恥《はじ》をかかせてしまう。俺は腐《くさ》っても大貴族の家の出だから、着飾った女性に恥をかかせるなんて絶対にできない。学生時代から世話になってる人でもあるし、少しは恩を返さないとだしな。

だから、くるくる踊った。

リリアーナはこれまで見せたことないくらいに最高に美しかった。ずっと幸せそうで笑顔を絶やさなかった。

俺なんかと踊ってくれてありがたいことだな。

俺としてもなんだか楽しいし、すげー幸せな時間だなって感じた。めっちゃ疲《つか》れたけどな。

もしも、学生時代を順風満帆《じゅんぷうまんぱん》に過ごせていたなら、去年もリリアーナとこういうふうに一緒に踊っていたのかもしれないな。

花火は鳴り止《や》まない。夜空を彩り続けていく。

祭りのテンションって不思議だな。俺は疲れているのに、まだまだいくらでも踊れる気になれる。

いつまでも、いつまでも踊り続けた。

時折、アーニャとクララに踊りながら出会った。笑顔をかわしあってすれ違う。ソフィアさんとミューちゃんも踊っていて、ときどき笑いながらすれ違った。

こんなにも充実《じゅうじつ》した日は、人生で初めてかもしれない。

スプリングフェスティバルの街は眠《ねむ》らない。

誰もが好きに笑い、好きに歌い、好きに踊り続ける。

楽しい時間は、朝が来るまでひたすら続いた。

エピローグ

「ふっざけるなーっ。誰が楽園に戻っていいと許可をしたーっ」

「ちょ、待っ！」

家宝の剣で危《あや》うく真っ二つにされるところだった。

実家の自室のベッドこと楽園で幸せなお昼寝《ひるね》をしていた俺は完全に油断しきっていた。

危うく父に殺されるところだった。

あ、鼻先がちょっと切れた。父の剣をよけきれてなかったか。いててて。

「ち、父上。〈グラン・バハムート〉はもう大丈夫《だいじょうぶ》です。無事に立て直しました。ギルド対抗戦でのアーニャの活躍《かつやく》ぶりは父上も見ていたでしょう」

大貴族だから国王の傍の特等席にいたはずだ。美味《うま》い酒でもメイドさんに注がせながら、アーニャのことをしっかり見ていたはず。

「ああ、見ていた。見ていたぞ。見違《みちが》えるほどに美しかった。私はあの美しいアナスタシアを見て、あの子の母を思い出したぞ。誰よりも美しく、誰よりも強い人だった」

へえー、アーニャの美しさも戦いのセンスも母親譲りかな。

アーニャはこれから磨《みが》き上げていけばますます伸びるだろうな。凄《すご》い才能を感じるし。強さも、美貌《びぼう》もだ。

「父上もアーニャをお認めになってくださったのですね。では、話は早いです。俺は昼寝の続きをしますから楽園から出てってください」

「それはならんっ」

うおー、あぶねー、真剣白刃取《しんけんしらはど》りをした。楽園のベッドを真っ二つにされてたまるか。傷一つ付けさせないぞ。

「何をそんなにお怒りなのですか。理由をおっしゃってください」

「貴様の顔を見ると条件反射でイライラするのだ。分かりやすい理由だろう？」

「親として最低の理由ですっ」

「ちなみに、〈グラン・バハムート〉の来年分の一〇〇万ゴールドの支払《しはら》いはどうするつもりだ？　国へのギルド運営管理費は毎年発生する。貴様がいないとアナスタシアには到底払《とうていはら》えないと思うのだが」

うぐ……。それを言われると辛《つら》い。アーニャとソフィアさんだけだととても支払えないだろう。これからどれだけ〈グラン・バハムート〉への依頼《いらい》が増えたとしても、二人だと達成できる依頼に限りがある。どう考えても仕事がちゃんと回らないだろうな。

「懸念点《けねん》はまだあるぞ」

「〈グラン・バハムート〉にですか？」

「そうだ。この街のギルドは〈グラン・バハムート〉と〈コズミック・ファルコン〉だけではない。それがこの国全体となるとどれほどの数のギルドになると思う」

「それはちょっと想像つかないですね。一〇くらいですか」

「一〇〇は下らん」

マジか。甘《あま》くないな。ギルド業界。

「〈グラン・バハムート〉はその数多《あまた》あるギルドの中で業績は最下位と言って差し支《つか》えないだろう。公務員の間ではな、業績不振《ふしん》を理由に〈グラン・バハムート〉の営業許可を取り消してしまおうという話すら出ている。低迷《ていめい》するギルドにはろくでもない連中がたまり場にするような酷《ひど》い過去実績がいくらでもあるからだ。〈グラン・バハムート〉ももはや人ごとではないだろう。そんな状況《じょうきょう》ではたしてアナスタシアの夢が叶うかな」

「ぐ、ぐぬぬ……」

アーニャの夢、それは〈グラン・バハムート〉を国で一番のギルドにすること。今のままでは絶対に不可能だろう。それどころか変なギルド会員が集まったりしたら困るどころじゃない。

ていうか、父が剣《けん》を俺《おれ》に押し込むのをやめてくれない。

父の目が狂気的《きょうき》で怖《こわ》いぞ。

「それにだ、ヴィルヘルム」

「まだ何かあるのですか」

父がさらに体重をかけて剣を押し込んでくる。

どんだけ俺を殺したいんだよ。

俺は真剣白刃取りの手に力を込めた。絶対に負けるもんか。

「私は貴様とアナスタシアの結婚《けっこん》をだな、本当に真剣に考えている」

「ていよく家から追い出して、庶民《しょみん》に格下げしてすっきりしたいってところですか」

「まあ、分かりやすく言うとそうだな」

思い切り目をそらされた。最低な大人だ。親としても最低だ。

「ああ、それに。ちょっと思い出したことがある」

「何をですか」

「ギルドの査察官の、えーと、そう、シューティングスター家のお嬢《じょう》さんに」

「リリアーナですか？」

「そう、リリアーナ。彼女《かのじょ》にくれぐれもと言われていることがある」

「いったいなんて？」

「おたくの息子《むすこ》さんは甘やかすとすぐにひきこもる残念な甘え癖《ぐせ》がありますので、決して甘やかさないでくださいね、とのことだったぞ」

「あの、あま―――――っ」

　なんてことを言うんだ。一晩中くるくる踊った仲じゃないか。くそー、今度会ったら耳元でネチネチ文句を言ってやる。


　というわけで、俺はあっさり家を追い出された。せっかくこじ開けた楽園の封印《ふういん》だが、前よりも厳重にかけられてしまったらしい。


「ヴィル様、お帰りなさいませ。お早いお戻りですね」

〈グラン・バハムート〉に戻ったら、アーニャが笑顔《えがお》で迎《むか》えてくれた。

「お風呂《ふろ》にしますか？　ごはんにしますか？　それとも私にしますか？」

「どこで覚えたんだよ、そんな新妻のセリフ」

「えへへ、ご近所さんからです」

前から思ってたけど、アーニャに変なことを吹《ふ》き込むご近所さんがいるよな。今度、会ってみようかな。どんな顔をしてるのか見てみたい。

「私、剣舞を始めてから少しバストアップしたんですよ。ぜひぜひヴィル様にご覧になって頂きたく。男性を誘惑《ゆうわく》するためのセリフを言ってみました」

アーニャの胸元《むなもと》を見てみる。

うーむ、俺には膨《ふく》らみの差は分からない。本当に成長したのだろうか。少なくとも揉《も》めるほどにはないだろう。

アーニャは恥《は》ずかしそうにしつつも、胸を張って俺の視線を受け止めた。なんだか嬉しそうだ。

「ま、三年後に期待かな」

ガーン。アーニャの顔にショックの色がうかがえた。

「まあでも、たまにでいいからさ、また俺の背中を流してくれたら嬉しいな」

「あ、はい。ヴィル様にご満足頂けるように誠心誠意お尽《つ》くし致《いた》しますね。えへへ……、一緒にお風呂に入っていいんですね。ヴィル様はエッチですね」

すぐに笑顔になってくれた。良かった良かった。

「うわっ、ニートやろうが戻ってきたミュー」

奥《おく》から出てきたミューちゃんはものすごくイヤそうだ。

「てっきり魔族《まぞく》の街にでも行ったものだと思ってたミュー」

「はあ？　なんで俺がそんなところに」

「新聞によると、ヴィルヘルム・ワンダースカイは魔王《まおう》じゃないか説が出ているミュー。魔族の街はいつでもウエルカムの大歓迎《だいかんげい》らしいミューよ？　ほらほら、街の人もインタビューでヴィルヘルム様を待ってまーすって言ってるミュー」

「そんなの本当に待ってるわけないだろ。ゴシップ記事に踊らされないでくれ」

「しかし、このときのニートやろうはまだ知らなかったミュー。まさかこれが壮大《そうだい》なフラグになるなんてミュー……」

「おい、勝手に不穏《ふおん》にするなよ」

去年のトラウマが蘇《よみがえ》るじゃないか。魔王ネタは俺が去年ひきこもる原因になった最低最悪のトラウマなんだぞ。

「大丈夫です。ヴィル様は魔王じゃありません。〈グラン・バハムート〉とこの街を救ってくれた英雄《えいゆう》様です。それは私が一番よく知っていますから」

アーニャは良い子だな。頭をぽんぽんとして髪《かみ》を撫《な》でてあげた。俺にされるがままになってくれる。かわいいやつめ。

「アーニャ、これからまたしばらく世話になるよ。よろしくな」

「は、はい。こちらこそ。ふつつかものですがどうぞよろしくお願い致します」

美味しい飯の礼だ。

しばらくはひきこもるが、来年までに一〇〇万、いや、そんな小さなことを言わずに一〇〇〇万、さらには一億。どーんと稼《かせ》いで〈グラン・バハムート〉の経営を安泰《あんたい》にしてやるよ。

そうしたら俺は、堂々と何年でもひきこもってやる。誰にも文句を言わせない。父上にもだ。

「ヴィル様、今日の晩ごはんは何を食べたいですか?」

「そうだなぁ」

俺の好物を提案してみた。アーニャは嬉しそうに了承《りょうしょう》してくれた。

ひきこもりの俺がかわいいギルドマスターに世話を焼かれまくったって別にいいだろう?

だって優秀な俺が大活躍《だいかつやく》してこのギルド、〈グラン・バハムート〉を国で一番にするんだからな。

「ひきこもりの俺がかわいいギルドマスターに世話を焼かれまくったって別にいいだろう？ 1」

スペシャル書き下ろしショートストーリー

「春一番」

アーニャと一緒に街に買い物に出たときだった。

下から強い風が吹き付けてきた。

アーニャのかわいらしいスカートがふわーっと浮かび上がった。俺の視線がスーッと吸い寄せられていく。

アーニャがスカートを手で押さえつけたから何も見られなかった。

「もう、エッチな風さんですね」

そう言うアーニャの顔は少し照れていた。

季節は春。春一番と呼ばれる強い風が吹く時期だ。

八百屋で世間話をしているとき、魚屋で買い物をしているとき、それはもう何度も何度も春一番の風がアーニャのスカートを浮かび上がらせていた。

しかし、アーニャはさすがギルドの家の子。動きが素早い。スカートが浮かび上がれば即座に手で抑えていた。

「アーニャはかなりの鉄壁ガードだな」

「うふふ、淑女たるものそう簡単にはスカートの中は見せられませんので」

会話してる間にも、またスカートが浮かび上がるが残念ながら何も見えなかった。

がっかりしていると正面からリリアーナが歩いてきた。

俺がアーニャのスカートに注目してたのを見ていたんだろう。とても呆れ返った様子だ。

「ヴィルヘルム君、あなたは良い年をして、まだ女の子のスカートの中に興味があるんですか？」

「いや、ぜんぜんないぞ？」

「嘘がバレバレです。ぜんぶ見てましたよ」

リリアーナもそうだがアーニャまでもが疑惑の視線を俺に向けている。

あ、春一番。

アーニャを見た。スカートを押さえた。

リリアーナを見た。ダメだ。品良くスカートを押さえている。

「残念でしたね。ヴィルヘルム君」

「いや、俺は何も期待してなかったぞ」

「嘘がバレバレです。しっかり見てたじゃないですか」

ひきこもってばかりいるから視線がいやらしくなるんですよ、なんていらんことを言ってリリアーナは仕事に戻っていった。

アーニャと買い物の続きに戻る。

「さすがはリリアーナさんでしたね。とても淑女です」

「リリアーナは大人だからなあ。そう簡単にスカートの中は見せないさ」

「大人の女性ってそういうものなんですね。私もリリアーナさんみたいな大人になりたいです」

「ああ、頑張れ」

正面の道からソフィアさんが歩いてきている。俺たちに気がついて嬉しそうに手を振ってくれた。

「やっほー。二人でお買い物ー?」

その時だった。

春一番が俺たちを通り抜けていった。

アーニャはスカートを押さえたが、ソフィアさんはノーガード。ソフィアさんのスカートの中が丸見えも丸見えになった。

「ああああああっ。やっちゃったーっ」

俺はアーニャの顔を見た。アーニャも俺の顔を見た。それから二人で、改めてソフィアさんを見た。

「な、なにっ。なんで二人ともがっかりしてるの。アーニャちゃん、柄とか変だった？」

「柄はかわいいです。でも、ソフィアさんって大人でも淑女でも無かったんだなあって思ってしまいました」

「え、私、ちゃんと淑女だよーーーっ」

あ、また春一番だ。ソフィアさんのスカートはまたあっさりとめくれていた。

あとがき

ああ、良いベッドのある部屋にのんびりひきこもりたい。はじめまして、ＨＪ小説大賞２０２０前期を受賞しました東條功一と申します。

いやー、長かったようでひたすら長かった公募生活でした。八年間です。晴れの日も雨の日も雪の日も書いて書いて書き続けて、その末にたどりついたゴールがひきこもり主人公でした。自分の潜在的な願望に正直なのが良かったんでしょうか。ええ、なりたいです。かわいい女の子にお世話をされるタイプのひきこもり主人公に。

さて、そんな私の願望丸出しの本作はいかがでしたでしょうか、

私は主人公のヴィルがぶっちゃけ超うらやましいです！　私だってちっちゃくてかわいいヒロインに愛されながら世話を焼かれたいなあ！　あともふもふな生き物に起こされたりしてみたいなあ！　あー、うらやましい！

あ、本編未読のみなさま、本作は右に書いたような物語です。少しでも心にささりましたらぜひぜひそのままレジへＧＯしてくださいませ。メイン以外にも個性豊かなキャラた

ちが作品を盛り上げてくれています。きっと好きになれるキャラが見つかるはず！

そうそう、本作はなんとコミカライズが既に決定しているんですよ。WEB発でもないオリジナル作品で新人がいきなりのコミカライズなんて異例と聞いています。選んでくれた方々やご担当いただける漫画家さんに感謝の気持ちでいっぱいです。

こちらのコミカライズ、本編第二巻の構想とともに鋭意進行中です。漫画版のヴィルたちのこともぜひぜひよろしくお願いします。

では最後に謝辞を。

イラストを担当してくださったにもし先生、ありがとうございます！　主人公がかっこよくてヒロインはみんなかわいくて最高です。あとアーニャの出す料理、食べてみたいくらいに美味しそうでした！

編集部のみなさま、担当さま、本作を選んでくださり本当にありがとうございました。長年の夢が叶いました。新人ゆえ至らないところが多々あったと思いますが、みなさまのご期待にこたえていけるよう今後も引き続き精進して参ります。

そして本作をお読みになってくださったみなさま、本当に心から感謝しています。

それでは、遠くない未来に再びお会いできる日を心待ちにしながら。

二〇二一年　一一月　東條功一

HJ文庫 https://firecross.jp/
965

ひきこもりの俺がかわいいギルドマスターに世話を焼かれまくったって別にいいだろう？ 1

2021年12月1日　初版発行

著者――東條 功一

発行者―松下大介
発行所―株式会社ホビージャパン
〒151-0053
東京都渋谷区代々木2−15−8
電話　03(5304)7604（編集）
　　　03(5304)9112（営業）

印刷所――大日本印刷株式会社

装丁――小沼早苗（Gibbon）／株式会社エストール

ISBN978-4-7986-2638-3　C0193

ファンレター、作品のご感想お待ちしております

〒151−0053　東京都渋谷区代々木2−15−8
(株)ホビージャパン HJ文庫編集部 気付
東條 功一 先生／にもし 先生

アンケートはWeb上にて受け付けております

https://questant.jp/q/hjbunko

- 一部対応していない端末があります。
- サイトへのアクセスにかかる通信費はご負担ください。
- 中学生以下の方は、保護者の了承を得てからご回答ください。
- ご回答頂けた方の中から抽選で毎月10名様に、HJ文庫オリジナルグッズをお贈りいたします。

灰原くんの強くて青春ニューゲーム1

著者／雨宮和希
イラスト／吟

大学四年生⇒高校入学直前にタイムリープ!?

高校デビューに失敗し、灰色の高校時代を経て大学四年生となった青年・灰原夏希。そんな彼はある日唐突に七年前——高校入学直前までタイムリープしてしまい!?　無自覚ハイスペックな青年が2度目の高校生活をリアルにやり直す、青春タイムリープ×強くてニューゲーム学園ラブコメ！